## Andrea Camilleri

Né en 1925, cet ami de Leonardo Sciascia a derrière lui une longue carrière à succès de metteur en scène pour le théâtre, la radio, et aussi la télévision pour laquelle il a adapté Maigret. Auteur de poèmes et de nouvelles, Camilleri s'est mis sur le tard à écrire dans la langue de cette Sicile qu'il a quittée très tôt pour y revenir sans cesse. Depuis de nombreuses années, le bouche à oreille d'abord, et l'intérêt des médias ensuite, ont donné naissance au « phénomène » Camilleri en Italie où ses livres sont régulièrement en tête des ventes. Son héros Salvo Montalbano, un concentré détonnant de fougue méditerranéenne et d'humeur bougonne, évolue avec humour et gourmandise au fil de ses enquêtes, de *La forme de l'eau* (prix Mystère de la Critique 1999) à *La démission de Montalbano* en passant par *Chien de faïence* ou *La voix du violon*. Plus récemment, *La première enquête de Montalbano* (2006), *La patience de l'Araignée* (2007), *La lune de papier* (2008) et *Un été ardent* (2009) ont parus au Fleuve Noir.

# LA FORME DE L'EAU

DU MÊME AUTEUR
*CHEZ POCKET*

**Les enquêtes du commissaire Montalbano :**

# ANDREA CAMILLERI

# LA FORME DE L'EAU

FLEUVE NOIR

Cet ouvrage est paru sous le titre
*La forma dell'acqua*
Publié pour la première fois
par Sellerio Editore, Palermo (Italie)

Traduit de l'italien
par Serge Quadruppani
avec l'aide de Maruzza Loria

Le papier de cet ouvrage est composé de fibres naturelles, renouvelables, recyclables et fabriquées à partir de bois provenant de forêts plantées et cultivées durablement pour la fabrication du papier.

Après une longue carrière de metteur en scène pour le théâtre, la radio et la télévision, auteur de poèmes et d'innombrables nouvelles, Andrea Camilleri a choisi d'écrire dans la langue de ses origines des romans situés dans sa Sicile natale. Depuis deux ans, on assiste en Italie au phénomène Camilleri. Du Sud au Nord, l'Italie est tombée amoureuse de lui. Tous ses derniers livres sont en tête des ventes. Il vient de recevoir le Grand Prix des lecteurs des Bibliothèques de la Ville de Paris pour *Chien de faïence*.

Préface
de
Serge Quadruppani

## Andrea Camilleri,
## la langue paternelle

Andrea Camilleri raconte que le jour où il a appris que son père allait bientôt mourir, il a joué toute la journée au flipper dans un état second et que c'est après qu'il a décidé d'écrire dans la langue même de son géniteur, cette langue que, spontanément, il retrouvait, quand il parlait avec lui. La décision n'allait pas de soi, pour un de ces Siciliens comme on en trouve tant parmi les plus illustres, qui ont souvent si bien parlé de leur terre — mais sont allés vivre ailleurs. Ceux-là, inversant l'injonction « Love it or leave it » reprise par tous les nationaux-réactionnaires de la terre, savent bien qu'on peut quitter un pays, comme un être, *parce qu'on l'aime*.

Il naît en 1925 à Porto Empedocle (la Vigàta de ses romans), dans cette province d'Agrigente d'où est originaire Sciascia. Unique rejeton d'une famille de la haute bourgeoisie appauvrie apparentée à celle de Pirandello, il va poursuivre ses études à Palerme, et s'y agrège à un groupe de jeunes bohèmes dont bon nombre connaîtront le succès dans l'écriture ou la peinture. C'est à cette époque qu'il commence à rédiger des nouvelles pour des journaux et des revues, activité qu'il poursuivra pendant de très nombreuses années.

Il écrit aussi de la poésie et remporte en 1947 le prix « Libera Stampa », aux dépens d'un autre lauréat de cette année-là, un certain Pasolini. En 1949, il reçoit un très prestigieux prix pour une pièce de théâtre, décerné à Florence : sur le chemin de retour, relisant son œuvre, *Giudizio a mezzanotte* (Jugement à minuit), il en est si peu satisfait qu'il jette l'unique exemplaire par la fenêtre du train. La même année, il quitte cette île où depuis il n'a jamais cessé, physiquement mais surtout littérairement, de revenir.

L'occasion de partir lui est fournie par une bourse à l'Académie des arts dramatiques. Commence bientôt pour lui ce qu'on pourrait appeler sa première carrière, la plus longue, celle de metteur en scène et d'enseignant-théoricien d'art dramatique : collaborations à l'*Enciclopedia dello Spettacolo*, enseignement au *Centro sperimentale di cinematografia* et depuis 1953, 153 mises en scène théâtrales, 1 300 pour la radio et 80 pour la télévision, où il produira aussi une adaptation, célèbre outre-Alpes, des Maigret de Simenon. Durant tout ce temps, il avait continué à écrire des nouvelles — mais, malgré les encouragements de son ami Leonardo Sciascia, jamais de roman. « Dans la langue italienne, dans l'italien des Italiens, je n'ai jamais ressenti un élan assez long pour écrire un roman, ce que j'avais à dire en italien se contenait toujours dans la forme de la nouvelle. »

C'est donc seulement en 1982, à cinquante-sept ans, qu'il publie son premier roman : *Un filo di fumo*, chez Garzanti. Suivront une vingtaine d'autres, qu'on peut répartir en deux grandes séries. Dans la première, consacrée à la Sicile du siècle dernier, Camilleri trace son propre sillon dans un genre que Sciascia a porté à des sommets : le récit historique à trame policière, bâti à partir d'un fait divers ayant laissé dans les archives une trace, souvent ténue, énigmatique, mais toujours assez forte pour donner son essor à l'imagination. Le deuxième filon de son œuvre est constitué par les aventures du commissaire Montalbano, dont on tient ici le premier épisode.

Mais ce n'est qu'au début des années 90, avec l'édition et la réédition de ses romans chez l'éditrice Elvira Sellerio, réputée pour l'élégance de ses publications comme de ses choix littéraires, que le succès peu à peu va venir. Par le bouche à oreille d'abord, puis, depuis quelques années, grâce à l'intérêt des médias, s'est développé en Italie ce qu'on appelle le « phénomène » Camilleri : chaque nouvelle parution occupe pendant de nombreuses semaines la tête des ventes. L'adaptation télévisée de quatre épisodes des

aventures de Montalbano a eu un beau succès en
Italie. Un premier épisode dans une version française discutable a été diffusé le 1er septembre 2000
sur France 2.

Construction habile où l'on sent le métier d'un
vieux fabricant d'intrigues et d'atmosphères, viva-
cité des dialogues et définition précise des personnages dignes d'un auteur dramatique de premier
plan, humour et ironie — auto-ironie même, qualité
éminemment sicilienne, immanquable pendant de
l'orgueil d'un irréductible particularisme : toutes ces
qualités expliquent certainement en partie le succès
d'un auteur qu'aucun battage publicitaire n'a lancé.
Mais la principale réussite de Camilleri, aux yeux
des lecteurs italiens, tient certainement dans la resti-
tution des saveurs fortes d'une terre, de l'univers
mental de ses habitants, et singulièrement de sa
langue.

*
* *

La langue paternelle d'Andrea Camilleri est une
re-création personnelle du parler de la province
d'Agrigente. Même Maruzza Loria, mon « experte »
palermitaine sans qui j'eusse été bien en peine de
réaliser la présente traduction, avoua parfois son
ignorance devant quelques vocables de l'autre côté
de l'île, et il fallut recourir à l'auteur lui-même.

Plus généralement, la langue de Camilleri est représentative du très riche idiome constitué au fil des siècles par les Siciliens cultivés, au point de contact entre le dialecte populaire de l'île, la langue des autres régions d'Italie (et plus tard l'italien officiel, celui d'un Etat central tardif et lointain), et les langues des peuples qui, depuis deux millénaires, ont, tour à tour, débarqué sur ce triangle fertile planté entre l'Orient et l'Occident de la Méditerranée, de ces conquérants qui se sont emparés de la Sicile avant qu'elle ne s'empare d'eux.

Du fond de cette langue, de son soubassement étymologique comme de sa charpente syntaxique, ce sont les Grecs qui nous parlent (et jusque dans l'humble mot *catojo*, le logis des plus pauvres), et aussi les Byzantins, les Romains, les Arabes (qui ont régné deux siècles et influencé chaque aspect de la vie en Sicile, de la cuisine au sentiment de la fatalité), les Normands de Roger II et de sa dynastie, les Allemands du Suédois Frédéric II, les Angevins (qui ont laissé derrière eux, après les fameuses Vêpres, tant de *cataferi* — cadavres, et d'autres mots bien vivants d'origine « française »…), les Catalans, les Castillans (sous la *pilaia* de Montalbano, la *playa*), et jusqu'aux Américains, ultimes débarqués à avoir laissé leur trace dans la toponymie de Vigàta et ses « gratte-ciel nains ».

Apprenant que j'avais entrepris de traduire le

*maestro* de Porto Empedocle, il n'est pas un seul de ses lecteurs italiens que j'ai rencontrés qui ne m'ait, à un moment ou à un autre, posé la question : « Mais comment vas-tu traduire Camilleri ? » A quoi je répondais, invariablement, que j'avais l'intention de le traduire en français. A mes interlocuteurs qui, creusant la question, avouaient mal comprendre comment on pouvait restituer aux lecteurs français l'impression que Camilleri produit sur ses lecteurs italiens, je répondais que c'était simple : on ne le pouvait pas.

Assez semblable en cela à la rencontre amoureuse, la traduction ne s'opère pas en termes d'équivalence pure et d'égalité simple dans l'échange. C'est la rencontre de deux langues, pas celle de mots entre lesquels on pose le signe =. Pas la confrontation inerte de deux dictionnaires, mais un point de contact entre deux mouvants univers mentaux. Camilleri a réussi cette gageure de présenter à ses compatriotes une littérature écrite dans une langue qui leur est largement étrangère mais *qui contient sa traduction potentielle*.

*Un filo di fumo*, le premier roman de Camilleri, était assorti d'un glossaire à destination du lecteur italien non-natif de l'île. Ensuite, cet appendice a disparu. Il n'en était plus besoin, car l'auteur avait mis au point les voies d'accès à son texte, qui correspondent, en gros, aux trois niveaux de langue utilisés dans les textes de Camilleri. Chacun d'eux pose des problèmes différents au traducteur. Le premier est celui de l'italien des Italiens, qui ne présente pas de difficulté particulière, surtout présent vers la fin du livre, quand l'action doit avancer. Le troisième est celui du dialecte pur, qu'emploient les gens du peuple, ou Montalbano quand il retourne au plus près de ses racines, en parlant avec un ami d'enfance : dans ces passages, toujours dialogués, soit le dialecte est suffisamment près de l'italien pour se passer de traduction, soit Camilleri en fournit une. A ce niveau-là, le traducteur a simplement traduit le dialecte en français en prenant la liberté de signaler dans le texte même que le dialogue a lieu en sicilien (et en reproduisant parfois, pour la saveur, les phrases en dialecte, à côté du français).

La difficulté principale se présente au niveau intermédiaire, le deuxième, celui où se déploie la « langue paternelle ». Cet italien sicilianisé, qui est celui du narrateur, mais aussi de Montalbano et de la plupart des personnages (même la Suédoise qui a appris l'italien en Sicile emploie des tournures locales), est truffé (le mot est particulièrement bienvenu) de termes qui ne sont pas du pur dialecte, mais plutôt des « régionalismes » (pour citer deux exemples très fréquents, *taliare* pour *guardare*, regarder, *spiare* pour *chiedere*, demander). Ces mots, Camilleri n'en fournit pas la traduction, car il les a placés de telle manière qu'on en saisisse le sens grâce au contexte (et aussi, souvent, grâce à la sonorité proche de celle d'un mot connu). Voilà pourquoi les Italiens n'ont (pratiquement) pas besoin de glossaire, goûtent l'étrangeté de la langue et la comprennent pourtant. Tous ces sicilianismes, il a fallu renoncer à en rechercher, terme à terme, des équivalents français. Comme le traducteur (*sutor ne supra crepidam*) doit impérativement éviter de disputer à l'auteur son rôle, et se cantonner à sa fonction de passeur, il était hors de question d'inventer une langue artificielle, même si celle de Camilleri l'est dans une certaine mesure (il ne s'agit pas d'une pure transcription de philologue, mais bien d'une re-création).

Je me suis donc contenté de placer en certains endroits, comme des bornes rappelant à quel niveau on se trouve, des termes de « francitan ». Pour trois raisons, dont deux avouables. D'abord le français occitanisé s'est assez répandu, par diverses voies culturelles, pour que jusqu'à Calais, on comprenne ce qu'est un « minot ». La deuxième raison, c'est que ces régionalismes apportent en français un parfum de Sud. (La troisième étant que c'est la langue de mon enfance.) Une fois seulement, j'ai enfreint cette règle auto-imposée, s'agissant du terme *tambasiàre*, qui signifie, comme l'explique Camilleri dans le roman, « tourner en rond chez soi en s'occupant de choses futiles » : n'ayant pas trouvé d'équivalent en français méridional, j'ai donc emprunté « rousiner » à une autre région. Mais on peut se consoler par le fait qu'il s'agit d'un terme de gallo, dialecte de Bretagne fortement influencé par le latin, l'île italienne et la péninsule française communiquant ainsi par l'intermédiaire de leurs lointains envahisseurs communs... En tous les cas, le lecteur français se trouvera placé dans une situation rappelant celle de son homologue italien, et, de par la nécessité de s'orienter parfois sur le contexte pour comprendre un mot, percevra un peu du sentiment d'étrangeté que ressent le lecteur italien de Camilleri.

*
* *

La sicilianité de notre auteur ne s'exprime pas seulement dans les mots, mais aussi dans la syntaxe, ce qui est ici beaucoup plus facile à rendre. *Siciliano sono*, « Sicilien je suis » : on trouvera beaucoup, dans le cours du texte, adaptée à notre langue corsetée, cette tournure de la langue parlée qu'emploie largement Camilleri, et dont le traducteur s'arrange, de façon qu'à la fin le verbe se retrouve placé. De même ai-je conservé l'emploi du passé simple, là où l'italien (et le français) recourrait au présent ou au passé composé : *Chi successi ?*, « Que se passa-t-il ? » pour « Qu'est-ce qui se passe ? ».

Point de procédé ni de pittoresque superficiel là-dedans. Ce passé simple qui, ailleurs, appartient à la langue écrite et qui, ici, au contraire, s'use quotidiennement dans le parler populaire, trahit une emphase lyrique présente dans le moindre échange langagier du peuple de Sicile — il suffit pour s'en convaincre de se promener un matin au marché de la *Vucciria*. Pareillement, bien des régionalismes expriment la singularité, l'insularité culturelle des gens de Vigàta et alentours. Il ne semble pas indifférent, par exemple, qu'on y utilise, au sens de « travailler », le mot *travagliare* qui, par le détour d'une origine française (mais ce détour est-il un hasard ?), rappelle, bien mieux que le *lavorare* italien, le *tripalium*, instrument de torture réservé aux esclaves. De même, par leur usage du mot *Liggi*, la loi, les personnages de Camilleri nous font-ils éprouver l'attitude d'un peuple qui a appris à vivre à l'écart de l'Etat.

*
**

Andrea Camilleri raconte (on aura compris qu'à l'oral comme à l'écrit, c'est un conteur hors pair) deux anecdotes pour illustrer les moments où il se sent sicilien. Un soir, regardant à la télévision l'interview d'un procureur, chef du *pool* antimafia, notre auteur s'entendit nommé par l'homme de la *liggi* comme sa lecture favorite. Et l'écrivain de s'en réjouir… dans un premier temps. Car ensuite lui vint — du fond de quelle culpabilité native ? — une vague inquiétude, dont il eut du mal à se défaire : « Un procureur, parler de moi ? Qu'est-ce que ça cache ? » Un matin qu'il méditait à l'ombre dans une chaise longue, sur son terrain de Porto Empedocle, non loin d'une source qu'il venait de découvrir, il aperçut un paysan qui y trempait un seau. D'un bond, il se leva, pensa : « Ce type prend de l'eau dans ma source ? Je le tue ! » Est-il besoin de préciser qu'Andrea Camilleri est un citoyen respectueux des lois et tout à l'opposé d'un sanguinaire ? Simplement, le génie sicilien c'est aussi cela : les réflexes profondément ancrés dans la chair et dans la terre, c'est tout un, d'un peuple qui, depuis deux millénaires que des pouvoirs étrangers le dominent, a appris à vivre avec, à côté, au-dessous de ces pouvoirs — à se fondre, s'identifier à eux, jamais.

Dans les premières pages de *La Forme de l'eau*, dont la force d'évocation fait songer à celles de *La Moisson rouge* de Hammett, Camilleri dresse, à travers le bref historique d'un terrain vague, l'état des lieux de toute une société. C'est en partant de là que le commissaire Montalbano, qui a tant de traits de son auteur (l'humour, le désenchantement, le goût de la justice sociale), va mener son enquête, en louvoyant entre les pouvoirs officiels et officieux, avec l'aide de son copain d'enfance Gegè, truand d'importance moyenne. Les manières nonchalantes et peu orthodoxes du commissaire ne sont pas du goût de son éternelle fiancée Livia, la Génoise, qui ne comprendra jamais les Siciliens et leur « manière tordue de raisonner » : eux-mêmes le lui rendent bien, d'ailleurs, puisqu'une vieille dame rencontrée dans la rue a déclaré à Camilleri que « cette Livia, il ne fallait pas qu'elle épouse Montalbano, c'est pas une femme pour lui ». Les façons du commissaire sont pourtant les seules qui lui permettent de se mouvoir, en ces zones grises où la Loi et son contraire tissent des liens, où les exigences de la Justice officielle n'ont rien à voir avec la justice à rendre à un bébé insomniaque qui vous fixe en silence...

Montalbano, en visite à Gênes, chez Livia, doit nous offrir une assez bonne idée de Camilleri, installé à Rome, quand « par traîtrise, l'odeur, le parler, les choses de sa terre le saisissaient, le soulevaient dans les airs comme un fétu, le ramenaient, en quelques instants, à Vigàta ». Interrogeant au téléphone un subordonné sur le sort d'un mafieux disparu, il s'entend répondre qu'il a été *incapretato* : ce n'est pas par hasard si c'est à cause de ce mot intraduisible, un des rares pour lesquels j'ai dû recourir à une note, et donc si profondément sicilien, que le commissaire se sent aspiré de nouveau, cette fois « pas seulement par l'odeur et le parler de sa terre », mais aussi par « l'imbécillité, la férocité, l'horreur ».

*A bon'é ca si mori* : heureusement qu'il y a la mort, dit un dicton rapporté par Sciascia dans *Kermesse*. Ce cri du cœur de la sagesse populaire remonte loin, il vient d'un savoir d'avant la chrétienté, c'est l'acceptation ironique de l'inéluctable férocité du destin.

\*
\*\*

Voilà aussi ce que contient la langue que méditait de se réapproprier Andrea Camilleri, dans ces heures où il se battait contre l'obtuse fatalité de la bille d'acier qui, malgré tous les efforts et l'ingéniosité déployés, finit toujours engloutie là où elle était programmée pour aboutir : dans les entrailles de la machine qui l'a crachée à la lumière.

Juin 1998

# LA FORME DE L'EAU

# 1

La clarté de l'aube ne pénétrait pas dans la cour de la « Splendeur », la société qui avait la concession du nettoyage public de Vigàta, une masse de nuages basse et dense emplissait complètement le ciel comme si l'on avait tiré un rideau gris d'une corniche à l'autre ; pas une feuille ne bougeait, le sirocco tardait à se réveiller de son sommeil plombé, et déjà on fatiguait à échanger des paroles. Le chef d'équipe, avant d'assigner les postes de travail, annonça que pour ce jour-là, et les autres à venir, Pepe Schèmmari et Caluzzo Brucculeri seraient absents, excusés. Plus qu'excusable, en effet, était leur absence : tous deux avaient été arrêtés la veille au soir pendant qu'ils tentaient de dévaliser le supermarché, arme à la main.

Quant à Pino Catalano et à Saro Montaperto, jeunes géomètres dûment dépourvus d'emploi de géomètre mais embauchés en qualité d'« opérateurs

écologiques » adventices suite à la généreuse intervention de l'honorable élu Cusumano, pour la campagne électorale duquel tous deux s'étaient battus
corps et âme (exactement dans cet ordre : le corps
faisant nettement plus que l'âme n'était disposée à
faire), le chef d'équipe leur assigna la zone laissée
vacante par Peppe et Caluzzo, plus précisément le
secteur appelé le Bercail, parce que, en des temps
immémoriaux, un berger avait l'habitude d'y mettre
ses chèvres. C'était une vaste portion de maquis
méditerranéen à la périphérie de la ville, qui s'étendait presque jusqu'à la plage, avec, dans le fond, les
installations abandonnées d'une grande usine chimique, inaugurée par l'omniprésent député
Cusumano quand il semblait que peut-être soufflerait le vent des lendemains qui chantent ; bientôt ce
petit vent s'était rapidement transformé en une
vague brise avant de cesser complètement de souffler : il avait pourtant réussi à faire plus de dégâts
qu'une tornade, en laissant derrière lui une traînée
de plans sociaux et de chômage. Pour éviter que les
hordes errant dans la ville, hordes de Noirs ou de
moins noirs, Sénégalais et Algériens, Tunisiens et
Libyens, fassent leur nid dans cette usine, on avait
dressé tout autour un haut mur, au-dessus duquel
surgissaient encore les structures rongées par les
intempéries, le défaut d'entretien et le sel marin, et

qui évoquaient chaque jour davantage l'architecture d'un Gaudí sous hallucinogènes.

Le Bercail, jusqu'à une époque récente, avait représenté, pour ceux qu'on appelait alors peu noblement les ramasse-poubelles, un labeur de tout repos : au milieu des papiers, sacs en plastique, boîtes de bière ou de Coca-Cola, étrons mal recouverts ou laissés au grand vent, de temps à autre pointait un préservatif, qui pouvait donner à penser, si l'on en avait le loisir et la fantaisie, stimuler l'imagination quant aux détails de la rencontre. Mais voilà un an que les préservatifs formaient un tapis, une mer, depuis qu'un ministre de l'Intérieur à la figure sombre et fermée, digne d'un échantillon lombrosien de visages, avait tiré, de pensées encore plus sombres et fermées que sa figure, une idée qui aussitôt lui avait paru susceptible de résoudre les problèmes de l'ordre public dans le Sud.

A cette idée, il avait fait participer son collègue qui s'occupait de l'armée et qui semblait tout droit sorti d'une illustration de Pinocchio, et donc, les deux compères avaient résolu d'envoyer en Sicile quelques unités militaires en vue de « contrôler le territoire », de manière à soulager les carabiniers, policiers, services de renseignement, groupes d'opérations spéciales, gardes des Finances, police de la route, des chemins de fer, des ports, membres de la Superprocure, groupes antimafia, antiterroristes,

antidrogue, antigang, anti-enlèvement, et d'autres
non mentionnés par souci de concision, tous bien
occupés par tant d'autres occupations. A la suite de
la géniale cogitation des deux serviteurs de l'Etat,
des fistons à leur maman piémontaise, d'imberbes
bidasses frioulans qui, la veille encore, se plaisaient
à respirer l'air frais et piquant de leurs montagnes,
s'étaient du jour au lendemain retrouvés à haleter
péniblement, à s'entasser dans leurs logements pro-
visoires, dans des bleds qui se trouvaient plus ou
moins à un mètre au-dessus du niveau de la mer, au
milieu de gens qui parlaient un dialecte incompré-
hensible, fait davantage de silences que de mots,
d'indéchiffrables mouvements de sourcil, d'imper-
ceptibles crispations des rides. Ils s'étaient adaptés
du mieux qu'ils pouvaient, grâce à leur jeune âge, et
une aide précieuse leur avait été apportée par les
habitants de Vigàta en personne, attendris par l'air
éperdu et dépaysé des petits étrangers.

Mais l'adoucissement de leur exil avait été pris en
charge en particulier par Gegè Gullotta, esprit
ardent jusqu'alors contraint d'étouffer ses dons
naturels de maquereau dans les fonctions de petit
revendeur de drogues légères. Ayant appris par des
voies aussi détournées que ministérielles l'arrivée
imminente des soldats, Gegè avait eu un éclair de
génie et, pour rendre efficace et concret ledit éclair, il
s'en était promptement remis à la bienveillance de

qui de droit, de manière à obtenir la totalité des innombrables et compliquées autorisations. A qui de droit : c'est-à-dire à qui contrôlait réellement le territoire et ne concevait pas même en rêve de délivrer des concessions sur papier timbré. En bref, Gegè put inaugurer au Bercail son marché spécialisé dans la chair fraîche et une riche variété de drogues toujours légères. La chair fraîche provenait en majorité des pays de l'Est, enfin libérés du joug communiste qui, comme chacun sait, refusait toute dignité à la personne humaine : entre les buissons et le terrain vague du Bercail, la nuit, cette reconquête de la dignité humaine atteignait des sommets resplendissants.

Mais les femmes du tiers-monde ne manquaient pas non plus, ni les travestis, transsexuels, travelos napolitains et *viados* brésiliens, il y en avait pour tous les goûts, c'était l'abondance et la fête. Et le commerce fleurit, pour la grande satisfaction des militaires, de Gegè, et de ceux qui avaient accordé les autorisations à Gegè en prélevant leurs justes pourcentages.

\*
\* \*

Pino et Saro se dirigèrent vers leur lieu de travail en tirant chacun sa carriole. Pour arriver au Bercail, il fallait une demi-heure de route, quand on la sui-

vait à pas lents comme eux. Le premier quart
d'heure, ils le passèrent sans mot dire, déjà tout
pégueux de sueur. Puis ce fut Saro qui rompit le
silence.

— Ce Pecorilla est un cornard, proclama-t-il.

— Un cornard de première grandeur, rajouta
Pino.

Pecorilla était le chef d'équipe chargé de répartir
les lieux à nettoyer et il était clair qu'il nourrissait
une haine profonde pour ceux qui avaient étudié, lui
qui, à quarante ans, avait réussi à décrocher son cer-
tificat seulement parce que Cusumano avait mis les
points sur les *i* avec le maître d'école. C'est pourquoi
il manœuvrait de manière à ce que le labeur le plus
avilissant et le plus lourd retombe toujours sur les
épaules des trois diplômés qu'il avait à sa disposition. En fait, ce matin-là, il avait assigné à Ciccu
Loretto la portion de quai d'où partait la vedette
pour l'île de Lampedusa. Ce qui signifiait que le
comptable Ciccu serait contraint de compter avec les
quintaux de détritus que de vociférantes hordes de
touristes, certes multilingues mais rassemblés dans
un total mépris de la propreté personnelle et
publique, avaient lâchés derrière eux durant les
journées de samedi et dimanche, dans l'attente de
l'embarquement. Et sans doute Pino et Saro, au
Bercail, allaient-ils trouver un infernal capharnaüm,
après les deux jours de perm' des militaires.

Comme ils arrivaient au croisement de la rue Lincoln avec l'allée Kennedy (à Vigàta, il existait aussi une cour Eisenhower et un passage Roosevelt), Saro s'arrêta.

— Je fais un saut chez moi pour voir comment va le minot, dit-il à son ami. Attends-moi, j'en ai pour une minute.

Sans attendre la réponse de Pino, il se glissa dans l'entrée d'un de ces gratte-ciel nains — ils atteignaient douze étages maximum — nés à peu près durant la même période que l'usine chimique et bientôt tout autant dévastés, sinon abandonnés, qu'elle. Aux yeux de quiconque arrivait par la mer, Vigàta se présentait comme la parodie de Manhattan à échelle réduite : d'où, peut-être, sa toponymie.

Nenè, le minot, était réveillé ; il dormait en gros deux heures par nuit ; le reste du temps, il le passait les yeux écarquillés, sans jamais pleurer, et qui avait jamais vu un marmot qui ne pleurait pas ? Jour après jour, il était consumé d'un mal dont on ignorait l'origine et la cure, les médecins de Vigàta étaient dépassés, il aurait fallu l'emmener ailleurs, le présenter à certains grands spécialistes, mais l'argent manquait. A l'instant où son regard croisa celui de son père, Nenè se rembrunit, une ride se forma sur son front. Il ne savait pas parler, mais il s'était exprimé très clairement, dans un reproche muet contre qui l'avait ainsi piégé.

— Il va un peu mieux, la fièvre lui tombe, dit Tana, son épouse, pour faire au moins plaisir à Saro.

*
* *

Le ciel s'était ouvert ; à présent flamboyait un soleil à faire éclater les pierres. Sa carriole déglinguée, Saro l'avait déjà vidée une dizaine de fois à la décharge surgie, de par l'initiative privée, là où, autrefois, se trouvait la sortie de derrière de l'usine, et il se sentait le dos brisé. Arrivé à peu de distance d'un sentier qui longeait le mur de protection et qui débouchait sur la route provinciale, il vit qu'il y avait à terre quelque chose qui brillait violemment. Il se baissa pour regarder de plus près.

C'était un pendentif en forme de cœur, énorme, incrusté de brillants avec en son centre un très gros diamant. La chaîne d'or massif était encore en place, brisée à un endroit. La main droite de Saro jaillit, s'empara du collier, le glissa dans sa poche. La main droite : à Saro, il sembla qu'elle avait agi de son propre chef, sans que la cervelle, encore abasourdie de surprise, lui ait rien dit. Il se redressa, baigné de sueur, en jetant des coups d'œil alentour, mais on ne voyait pas âme qui vive.

Pino, qui avait choisi la section de Bercail la plus proche de la plage, remarqua soudain le museau d'une automobile qui, à une vingtaine de mètres de distance, pointait d'une broussaille plus épaisse que les autres. Il s'immobilisa, pétrifié ; il n'était pas possible que quelqu'un se soit attardé jusqu'à maintenant, jusqu'à sept heures du matin, à baiser avec une putain. Il commença de s'approcher prudemment, sur la pointe des pieds, presque plié en deux, et quand il fut à la hauteur des feux arrière, il se releva d'un coup. Rien ne se passa, personne ne lui cria de se mêler de ses oignons, la voiture semblait vide. S'approchant encore, il vit enfin la silhouette floue d'un homme, immobile à côté de la place du chauffeur, la tête appuyée en arrière, qui semblait plongé dans un sommeil profond. Mais, à vue de nez, Pino comprit que quelque chose n'allait pas. Se retournant, il commença à donner de la voix pour appeler Saro. Lequel arriva essoufflé et les yeux hors de la tête.

— Qu'est-ce qu'y a ? Qu'est-ce tu veux, merde ? Qu'est-ce qui te prend ?

Pino sentit une sorte d'agressivité dans les questions de son ami, mais l'attribua à la course qu'il avait faite pour le rejoindre.

— Mate, là.

Prenant son courage à deux mains, Pino s'approcha du côté du conducteur, tenta d'ouvrir la portière, sans succès, la poignée étant bloquée. Aidé de Saro, qui semblait maintenant calmé, il essaya d'atteindre l'autre portière, sur laquelle s'appuyait en partie le corps de l'homme, mais il n'y parvint pas, car l'auto, une grosse BMW verte, était serrée contre la haie au point d'interdire toute approche de ce côté. Mais en se penchant et en s'égratignant sur les ronces, ils réussirent à mieux voir le visage de l'homme. Il ne dormait pas, ses yeux étaient ouverts et fixes. A l'instant même où ils s'aperçurent que l'homme était décédé, Pino et Saro ressentirent le froid de l'épouvante : non pas à cause de la vision de la mort, mais parce qu'ils avaient reconnu le mort.

*
* *

— J'ai l'impression de me faire un sauna, dit Saro tandis qu'il courait sur la nationale en direction d'une cabine téléphonique. Un coup ça gèle, un coup ça brûle.

A peine libérés de la paralysie qui les avait saisis quand ils avaient identifié le mort, ils s'étaient mis d'accord : avant même d'avertir la loi, un autre appel était nécessaire. Le numéro du député Cusumano, ils le connaissaient par cœur et Saro le composa, mais Pino ne le laissa pas même sonner une fois.

— Raccroche tout de suite, ordonna-t-il.

Saro obtempéra par réflexe.

— Tu veux pas qu'on avertisse ?

— Réfléchissons-y un moment, réfléchissons bien,

l'occasion est importante. Toi comme moi, on sait tous les deux que le député est une marionnette.

— Ça veut dire quoi, ça ?

— Que c'est une marionnette entre les mains de l'ingénieur Luparello, qui est, ou plutôt était, tout. Luparello mort, Cusumano n'est plus rien, un moins que rien.

— Et alors ?

— Alors, rien.

Ils se dirigèrent vers Vigàta, mais au bout de quelques pas, Pino arrêta Saro.

— Rizzo, dit-il.

— Moi, à celui-là, je lui téléphone pas, ça me fout la trouille, je le connais pas.

— Moi non plus, mais je l'appelle quand même.

Le numéro, Pino se le fit donner par les renseignements. Il était pesque huit heures moins le quart, mais Rizzo répondit à la première sonnerie.

— Maître Rizzo ?

— C'est moi.

— Excusez-moi, maître, si je vous dérange à cette heure… nous avons trouvé l'ingénieur Luparello… il nous paraît mort.

Il y eut une pause. Puis Rizzo parla.

— Et pourquoi venez-vous me le raconter, à moi ?

Pino sursauta, il s'attendait à tout sauf à ça.

— Mais comment ça ? Vous n'êtes pas… son

meilleur ami ? Nous avons pensé que nous devions...

— Je vous remercie. Mais avant tout, il faut que vous fassiez votre devoir. Bonne journée.

Saro avait écouté le coup de fil, la joue collée contre celle de Pino. Ils échangèrent un regard perplexe. Rizzo, on aurait dit que le mort dont ils venaient de lui parler, c'était un macchabée quelconque, un inconnu.

— Et merde alors, c'était son ami, non ? lança Saro.

— Et qu'est-ce qu'on en sait ? Si ça se trouve, ces derniers temps, ils s'étaient engueulés, se consola Pino.

— Et maintenant, qu'est-ce qu'on fait ?

— On va faire notre devoir, comme dit l'avocat, conclut Pino.

Ils se mirent en route dans la direction du village, et du commissariat. Aller chez les carabiniers, ça ne leur était même pas passé par l'antichambre du cerveau, ils étaient commandés par un lieutenant milanais. Le commissaire, au contraire, était de Catagne, il s'appelait Salvo Montalbano, et quand il voulait comprendre quelque chose, il comprenait.

# 2

— Encore.

— Non, dit Livia, et elle continua à le fixer de ses yeux rendus plus lumineux par la tension amoureuse.

— S'il te plaît.

— Non, j'ai dit non.

« J'aime bien être toujours un peu forcée », lui avait-elle chuchoté une fois à l'oreille et à ce souvenir, excité, il essaya de glisser un genou entre les cuisses serrées tandis qu'il lui agrippait violemment les poignets et lui écartait les bras jusqu'à lui donner une allure de crucifiée.

Ils se dévisagèrent un instant, haletants, puis elle céda d'un coup.

— Oui, dit-elle. Oui. Maintenant.

Et juste à cet instant, le téléphone sonna. Sans même ouvrir les yeux, Montalbano tendit un bras pour saisir non pas tant le combiné que les lambeaux

flottants du rêve qui, inexorablement, s'évanouis-
sait.

— Allô ! lança-t-il, furieux contre l'importun.

— Commissaire, nous avons un client.

Il reconnut la voix du brigadier Fazio ; son collègue de même grade, Tortorella, était encore à l'hôpital à cause d'une mauvaise balle au ventre que lui
avait tirée un type qui voulait se faire passer pour un
mafieux et qui n'était en fait qu'un malheureux
connard de quatre sous. Dans leur jargon, « client »
signifiait un mort dont ils devaient s'occuper.

— C'est qui ?

— On le sait pas encore.

— Ils l'ont tué comment ?

— On sait pas. D'ailleurs, on sait même pas s'il a
été tué.

— Brigadier, je ne comprends pas. Tu me réveilles
sans savoir que dalle ?

Il respira à fond pour faire passer cette colère qui
n'avait pas de sens et que l'autre supportait avec une
patience d'ange.

— Qui l'a trouvé ?

— Deux ramasse-poubelles, au Bercail, dans une
automobile.

— J'arrive tout de suite. Toi, pendant ce temps,
téléphone à Montelusa, fais descendre la Scientifique
et préviens le juge Lo Bianco.

*
* *

Tandis qu'il se trouvait sous la douche, il parvint à la conclusion que le mort ne pouvait qu'être un membre de la bande des Cuffaro de Vigàta. Huit mois plus tôt, probablement pour des différends territoriaux, une féroce guerre s'était allumée entre les Cuffaro et les Sinagra de Fela ; un mort par mois, alternativement et dans un ordre parfait : un à Vigàta et un à Fela. Le dernier, un certain Mario Salino, avait été abattu à Fela par les Vigatais, donc, cette fois, c'était évidemment le tour d'un Cuffaro.

Avant de sortir de chez lui — il habitait une petite villa qui donnait justement sur la plage du côté opposé au Bercail —, il eut envie d'appeler Livia à Gênes. Elle répondit aussitôt, endormie.

— Excuse-moi, mais j'avais envie de te parler.

— J'étais en train de rêver de toi, dit-elle. (Et d'ajouter :) Tu étais avec moi.

Montalbano allait lui dire que lui aussi, peut-être, avait rêvé d'elle, mais une pudeur absurde le retint.

— Et qu'est-ce qu'on faisait ? lui demanda-t-il plutôt.

— Ce qu'on fait plus depuis trop longtemps, répondit-elle.

*
* *

Au commissariat, à part le brigadier, il ne trouva que trois agents. Les autres couraient aux trousses du propriétaire d'une boutique de vêtements qui avait tiré sur sa sœur pour une affaire d'héritage et qui s'était ensuite enfui. Il ouvrit la porte de la cage à poules. Les deux éboueurs étaient assis sur la banquette, serrés l'un contre l'autre, pâles malgré la chaleur.

— Attendez-moi, je reviens, leur dit Montalbano, et les deux ne répondirent même pas, résignés.

C'était connu que, quand on tombait, pour une raison quelconque, entre les pattes de la *Liggi*, la loi, l'affaire traînait toujours en longueur.

— Quelqu'un d'entre vous a averti les journalistes ? lança le commissaire à ses hommes.

Ils firent signe que non.

— Faites attention : je veux pas qu'ils viennent me casser les burnes.

Timidement, Galluzzo s'avança en levant la main comme pour demander la permission d'aller aux cabinets.

— Même pas mon beau-frère ?

Le beau-frère, journaliste à *Televigàta*, s'occupait des faits divers et Montalbano imagina les disputes familiales si Galluzzo ne lui disait rien. Son subordonné levait sur lui des yeux de chien battu.

— C'est bon. Qu'il vienne, mais seulement après l'enlèvement du cadavre. Et pas de photos.

Ils partirent avec la voiture de service, en laissant Gialombardo de garde. Au volant s'était installé Gallo, dont le nom était prétexte, avec celui de Galluzzo, à des plaisanteries faciles du genre « Commissaire, qu'est-ce qu'on raconte au poulailler[1] ? » et Montalbano, qui le connaissait bien, l'avertit :

— Ne te mets pas à faire de la vitesse, pas besoin de foncer.

Au virage de l'église du Carmin, Pepe Gallo ne se contint plus et le prit sur les chapeaux de roues, accélérant. Il y eut une détonation sèche, comme un coup de pistolet, la voiture fit une embardée. Ils descendirent : le pneu arrière droit pendait, éclaté, il avait été longuement travaillé par une lame affilée, les entailles étaient bien visibles.

— Les connards, les fils de pute ! explosa le brigadier.

Montalbano se mit pour de bon en colère.

— Mais vous le savez tous que deux fois par mois, ils nous crèvent les pneus ! Seigneur ! Et chaque matin, je vous préviens : Jetez-y un coup d'œil avant de partir ! Et vous, en fait, vous vous en foutez, bande de cons ! Jusqu'au jour où quelqu'un y laissera sa peau !

---

1. *Gallo* : « poulet ». *Galluzzo* : diminutif sicilien de Gallo, « petit poulet ». *(N.d.T.)*

*
* *

Pour une raison ou une autre, le changement de roue prit dix bonnes minutes et quand ils arrivèrent au Bercail, la police scientifique de Montelusa était déjà sur les lieux. Elle était dans ce que Montalbano appelait sa phase méditative : c'est-à-dire que cinq ou six agents viraient et tournaient dans les environs de l'auto, tête baissée, les mains en général dans les poches ou dans le dos. On eût dit des philosophes plongés dans de profondes méditations, mais ils marchaient les yeux écarquillés, cherchant à terre un indice, une trace, une empreinte. Dès qu'il le vit, Jacomuzzi, chef de la Scientifique, courut à sa rencontre.

— Comment se fait-il qu'il n'y ait pas de journalistes ?

— C'est moi qui n'en ai pas voulu.

— Cette fois, ils te tuent pour leur avoir fait manquer une nouvelle pareille.

Manifestement, il était agité.

— Tu sais qui est le mort ?

— Non, dis-le-moi, toi.

— C'est l'ingénieur Silvio Luparello.

— Merde ! s'exclama Montalbano pour tout commentaire.

— Et tu sais comment il est mort ?

— Non. Et je ne veux pas le savoir. Je le verrai tout seul.

Vexé, Jacomuzzi revint parmi les siens. Le photographe de la Scientifique avait terminé, maintenant c'était au docteur Pasquano de jouer. Montalbano vit que le médecin était contraint de travailler dans une position malcommode, le corps à moitié dans la voiture ; il traficotait quelque chose à la place à côté du conducteur, où l'on entrevoyait une silhouette obscure. Fazio et les agents de Vigàta donnaient un coup de main aux collègues de Montelusa.

Le commissaire s'alluma une cigarette et se retourna pour contempler l'usine chimique. Un jour, décida-t-il, il reviendrait prendre des photos qu'il enverrait à Livia, lui expliquant ainsi, avec ces images, des choses sur lui et sur sa terre qu'elle n'avait pas encore réussi à comprendre.

Il vit arriver la voiture du juge Lo Bianco qui descendit, agité.

— Mais alors, c'est vrai ? L'ingénieur Luparello est vraiment mort ?

Manifestement, Jacomuzzi n'avait pas perdu de temps.

— Il paraît que oui, vraiment.

Le juge rejoignit le groupe de la Scientifique et se lança dans une conversation animée avec Jacomuzzi et le docteur Pasquano qui avait extirpé de sa serviette une bouteille d'alcool et se désinfectait les mains. Au bout d'un moment assez long pour que Montalbano soit presque cuit de soleil, ceux de la Scienfique montèrent en auto et s'en furent. En passant devant lui, Jacomuzzi ne le salua pas. Dans son dos, Montalbano entendit s'éteindre la sirène d'une ambulance. Maintenant, c'était à lui, il devait dire et faire, il n'y avait pas à tortiller. Il s'arracha à la torpeur dans laquelle il mijotait et se dirigea vers la voiture du mort. A mi-chemin, le juge l'arrêta.

— On peut enlever le corps. Et étant donné la notoriété du pauvre ingénieur, plus vite nous irons, mieux ce sera. En tous les cas, vous m'informerez chaque jour du développement des investigations.

Il marqua une pause puis, comme pour atténuer le ton péremptoire sur lequel ces paroles avaient été prononcées :

— Téléphonez-moi quand vous le jugez opportun.

Autre pause. Puis :

— Toujours aux heures de bureau, entendons-nous.

Il s'éloigna. Aux heures de bureau, et pas à la maison. Chez lui, c'était notoire, le juge Lo Bianco se consacrait à la rédaction d'une œuvre puissante et pesante : *Vie et entreprises de Rinaldo et Antonio Lo Bianco, maîtres jurés de l'université d'Agrigente, au temps du roi Martin le Jeune (1402-1409)*, personnages qu'il considérait comme ses ancêtres, si nébuleux que fût cet apparentement.

— Comment est-il mort ? demanda Montalbano au médecin.

— Voyez vous-même, répondit Pasquano en se mettant de côté.

Le commissaire passa la tête à l'intérieur de l'automobile qui lui sembla un four, regarda pour la première fois le cadavre et aussitôt pensa au questeur.

Il pensa au questeur non parce qu'il était dans ses habitudes d'élever ses pensées vers son supérieur hiérarchique au début de chaque enquête, mais seulement parce qu'avec le vieux questeur Burlando, qui était un ami, une dizaine de jours auparavant, ils avaient parlé d'un livre d'Ariès, *Histoire de la mort en Occident*, que tous deux avaient lu. Le questeur avait soutenu que chaque mort, même la plus abjecte, conservait toujours son caractère sacré. Montalbano avait rétorqué, et il était sincère, que dans chaque mort, fût-ce celle du pape, il ne réussissait à voir rien de sacré.

Il aurait voulu l'avoir là, M. le questeur, à ses côtés, pour lui faire contempler ce qu'il était en train de contempler. L'ingénieur avait toujours été un personnage élégant, extrêmement soigné de sa personne, jusqu'au moindre détail, mais à présent, il n'avait pas de cravate, sa chemise était chiffonnée, ses lunettes de travers, le col de sa veste bizarrement relevé à demi, les chaussettes abaissées mollement jusqu'à lui recouvrir les mocassins. Mais ce qui frappa le plus le commissaire, ce fut la vue du pantalon baissé jusqu'aux genoux et à l'intérieur de celui-ci le caleçon que trahissait sa blancheur, la chemise roulée en même temps que le tricot de corps jusqu'à la moitié de la poitrine.

Et le sexe indécemment, obscènement exposé, gros, poilu, en contraste complet avec les détails minuscules du reste du corps.

— Mais comment est-il mort ? demanda-t-il de nouveau au docteur en sortant de la voiture.

— Ça me paraît évident, non ? répondit grossièrement Pasquano. (Et il poursuivit :) Vous le saviez que le pauvre ingénieur avait été opéré du cœur par un grand cardiologue de Londres ?

— A vrai dire, je l'ignorais. Je l'ai vu mercredi dernier à la télévision et il m'avait l'air en parfaite santé.

— Il avait l'air, mais il ne l'était pas. Vous savez, en politique, ils sont tous comme des chiens. A la seconde où ils savent que tu ne peux pas te défendre, ils te bouffent. Il semble qu'à Londres, on lui ait fait deux pontages ; d'après eux, la chose a été difficile.

— Qui le soignait, à Montelusa ?

— Mon collègue Capuano. Il avait un contrôle

chaque semaine, il y tenait à sa santé, il voulait toujours paraître en forme.

— Qu'est-ce que vous en dites, je vois avec Capuano ?

— Parfaitement inutile. Ce qui s'est passé ici, ça crève les yeux. Le pauvre ingénieur, il s'est mis en tête de venir tirer un bon coup dans le coin, peut-être avec une radasse exotique : il se l'est tirée et il y est resté. (Il s'aperçut que le regard de Montalbano était ailleurs.) Je ne vous convaincs pas ?

— Non.

— Et pourquoi ?

— Sincèrement, je n'en sais rien. Demain, vous me faites parvenir les résultats de l'autopsie ?

— Demain ? Mais vous êtes fou ! Avant l'ingénieur, j'ai cette petite d'une vingtaine d'années violée dans une baraque à la campagne et retrouvée dix jours après mangée par les chiens, après c'est le tour de Fofò Greco à qui ils ont coupé la langue et les couilles avant de le mettre à mourir accroché à un arbre, ensuite...

Montalbano interrompit la liste macabre.

— Pasquano, disons les choses clairement, vous me les faites avoir quand, les résultats ?

— Après-demain, si entre-temps ils ne me font pas courir à droite et à gauche pour voir d'autres morts.

Ils se saluèrent. Montalbano appela le brigadier et

ses hommes, leur dit ce qu'ils devaient faire et quand charger le corps sur l'ambulance. Il se fit raccompagner au commissariat par Gallo.

— Après, tu retournes prendre les autres. Et si tu te mets à foncer, je t'arrache les cornes.

*
**

Pino et Saro signèrent le procès-verbal. Y était minutieusement décrit chacun de leurs mouvements, avant et après la découverte du cadavre. Dans ledit procès-verbal, deux faits importants manquaient, parce que les ramasse-poubelles s'étaient bien gardés de les rapporter à la *Liggi*. Le premier était qu'ils avaient reconnu tout de suite le mort, le second qu'ils s'étaient empressés de prévenir maître Rizzo de leur découverte. Ils rentrèrent chez eux, Pino qui semblait perdu dans ses pensées et Saro qui touchait de temps en temps le sac dans lequel il gardait le collier.

Pendant au moins vingt-quatre heures, il ne se passerait rien. Dans l'après-midi, Montalbano rentra à la villa, se jeta sur le lit et sombra dans un sommeil de trois heures. Puis il se leva et comme la mer, à la mi-septembre, était d'huile, il prit un long bain. Rentré chez lui, il se prépara un plat de spaghettis à la pulpe d'oursin, alluma la télévision. Naturellement, tous les journaux télévisés locaux parlaient de la mort de l'ingénieur, ils en tressaient l'éloge, de temps à autre un homme politique avec la tête de circonstance faisait une apparition pour rappeler les mérites du défunt et les problèmes qu'entraînait sa disparition, mais nul, pas même dans l'unique journal télévisé d'opposition, ne se hasarda à dire où et de quelle manière le regretté Luparello était mort.

## 3

Saro et Tana passèrent une mauvaise nuit. Il n'y avait pas de doute, Saro avait trouvé un trésor, comme dans ces contes où des bergers puants tombent sur des jarres pleines de pièces d'or ou d'agneaux recouverts de brillants. Mais ici, la question était très différente de celle des Anciens : le collier, de facture moderne, avait été perdu la veille, là-dessus, on pouvait pas se tromper et à le voir, comme ça, à vue de nez, il valait une fortune : était-il possible que personne ne se soit présenté pour dire qu'il lui appartenait ?

Tandis qu'ils étaient assis à la table de la cuisine, la télévision allumée et la fenêtre grande ouverte comme chaque soir, pour éviter que les voisins, à cause d'un changement minime, se mettent à déparler et à soupçonner, Tana s'insurgea promptement contre l'intention manifestée par son mari d'aller le vendre le jour même, dès que rouvrirait la boutique des frères Siracusa, bijoutiers.

— D'abord, dit-elle, toi et moi, nous sommes des personnes honnêtes. Et donc nous ne pouvons aller vendre une chose qui ne nous appartient pas.

— Mais qu'est-ce que tu veux qu'on fasse ? Que j'aille voir le chef d'équipe pour lui dire que j'ai trouvé le collier, que je le lui remette en lui demandant qu'il le fasse rendre à la personne à qui il appartient quand elle viendra le réclamer ? Il lui faudra pas plus de dix minutes, à ce grand cornard de Pecorilla, pour aller se le vendre pour son propre compte.

— On peut faire autrement. On garde le collier à la maison et en même temps, on prévient Pecorilla. Si quelqu'un vient se le reprendre, on le lui donne.

— Et qu'est-ce qu'on y gagne ?

— Le pourcentage, il paraît qu'il y en a un pour qui trouve ce genre de chose. Ça vaut combien, d'après toi ?

— Une vingtaine de millions, répondit Saro, et il lui sembla avoir balancé un chiffre trop gros. Mettons qu'alors, nous on touche deux millions. Tu m'expliques comment on fait à payer, avec deux millions, tous les soins pour Nenè ?

Ils discutèrent jusqu'à l'aube et ne s'arrêtèrent que parce que Saro devait aller suer. Mais ils avaient abouti à un accord provisoire qui sauvegardait en partie leur honnêteté : le collier, ils se le garderaient sans piper mot à quiconque, ils laisseraient passer une semaine et puis, si personne ne s'était présenté pour dire qu'il lui appartenait, ils iraient le négocier.

Quand Saro, bien propre et prêt à sortir, alla faire la bise à son fils, il eut une surprise : Nenè dormait profondément, d'un sommeil serein, comme s'il avait appris que son père avait trouvé moyen de lui rendre la bonne santé.

*
**

Cette nuit-là, Pino non plus ne trouva pas le sommeil. Esprit spéculatif, il aimait le théâtre et avait joué dans les troupes d'amateurs, débordantes de bonne volonté mais toujours plus rares, de Vigàta et alentour. Du théâtre, il en lisait ; à peine son maigre revenu le lui permettait-il, qu'il courait à l'unique librairie de Montelusa emprunter des comédies et des drames. Il vivait avec sa mère qui avait une petite pension ; des difficultés à manger, à proprement parler, ils n'en rencontraient pas. Sa mère s'était fait raconter par trois fois la découverte du mort, le contraignant à mieux illustrer un détail, une nuance. Elle le faisait pour pouvoir le raconter le lendemain à ses amies à l'église et au marché, en se glorifiant d'avoir eu connaissance de toutes ces choses

et de ce fils qui a̶ vait p̶l̶u̶ ̶t̶ô̶t̶
fourrer dans une his̶t̶

Vers minuit, elle étai̶t̶
après, Pino lui aussi s'étai̶t̶
il n'y avait pas eu moyen̶ : quelq̶u̶e̶ ̶c̶h̶o̶s̶e̶ continuait à le
tourner et retourner sous le̶ ̶c̶r̶â̶n̶e̶,̶ ̶u̶n̶ ̶z̶i̶n̶z̶i̶n̶,
avons-nous dit, et donc, au bo̶u̶t̶ ̶d̶e̶ deux h̶e̶u̶r̶e̶s̶ vai-
nement passées à tenter de fe̶r̶m̶e̶r̶ ̶l̶e̶s̶ ̶y̶e̶u̶x̶, il s'était
rationnellement persuadé qu'il n'̶y̶ ̶a̶vait pas à tortiller, cette nuit était une nuit de Noël. Il s'était levé,
s'était débarbouillé, et s'était assis au petit bureau
qu'il avait dans la chambre à coucher. Il se répéta le
récit fait à sa mère, et tout allait bien, le zinzin bour-
donnant qui le tracassait se tenait à l'arrière-plan.
C'était comme le jeu de « chaud, chaud, froid,
froid » ; tant qu'il repassait dans sa tête tout ce qu'il
avait dit, le zinzin semblait dire : « Froid, froid. » Et
donc le trouble devait forcément provenir de quelque chose qu'il n'avait pas raconté à sa mère. Et de
fait, il s'était tu sur ce que, d'accord avec Saro, il
s'était abstenu de rapporter à Montalbano : la recon-
naissance instantanée du cadavre et le coup de fil à
maître Rizzo. Et là, le zinzin bourdonna : « Chaud !
chaud ! » Alors, il prit un papier et un stylo et trans-
crivit le dialogue avec l'avocat, mot pour mot. Il le
relut, le corrigea, se pressurant la mémoire jusqu'à
écrire même les pauses, comme dans un scénario de
théâtre. Quand il l'eut devant lui, il le relut dans la

e. Quelque chose accrochait dans le
Mais maintenant, il était trop tard, il lui
partir pour la « Splendeur ».

*
**

Pour Montalbano, la lecture des deux quotidiens
siciliens, l'un imprimé à Palerme, l'autre à Catagne,
fut interrompue, vers dix heures du matin, par un
coup de fil du questeur au bureau du commissaire.

— Je dois vous transmettre des remerciements,
attaqua le questeur.

— Ah oui ? Et de la part de qui ?

— De la part de l'évêque et de notre ministre.
Monseigneur Teruzzi a apprécié la charité chrétienne, il l'a dit vraiment comme ça, que vous avez,
comment dire, mise en pratique en évitant que des
journalistes et des photographes, privés de scrupules et de décence, puissent prendre et diffuser des
images indécentes du cadavre.

— Mais cet ordre, je l'ai donné alors que j'ignorais
encore qui était le mort ! Je l'aurais fait pour
n'importe qui.

— Je suis au courant, Jacomuzzi m'a tout rapporté. Mais pourquoi aurais-je dû révéler ce détail
négligeable au saint prélat ? Pour lui ôter ses illusions sur votre éminente charité chrétienne ? Ce
genre de charité, très cher, prend d'autant plus de

valeur qu'est élevée la position de la personne qui en bénéficie, je me fais comprendre ? L'évêque a même cité Pirandello, vous imaginez ça ?

— Non !

— Eh si. Il a cité les *Six personnages*, cette réplique dans laquelle le père dit qu'on ne peut rester accolé pour toujours à un geste peu honorable, après une vie totalement intègre, à cause d'un écart momentané. Autrement dit : on ne peut laisser à la postérité l'image de l'ingénieur avec le pantalon momentanément baissé.

— Et le ministre ?

— Celui-là, Pirandello, il ne l'a pas cité parce qu'il ne sait même pas qui c'est. Mais le concept, tortueux et marmonné, était le même. Et étant donné qu'il appartient au même parti que Luparello, il s'est permis d'ajouter un mot.

— Lequel ?

— Prudence.

— Qu'est-ce que la prudence vient faire dans cette histoire ?

— Je ne sais pas. Je vous transmets ça tel quel.

— Des nouvelles de l'autopsie ?

— Pas encore. Pasquano voulait se le garder au réfrigérateur jusqu'à demain, mais je l'ai persuadé de l'examiner aujourd'hui en fin de matinée ou en début d'après-midi. Mais je ne crois pas que de ce côté puisse venir une nouveauté.

— Moi non plus, conclut le commissaire.

*
* *

Reprenant la lecture des journaux, Montalbano en apprit moins qu'il n'en savait déjà sur la vie, les miracles et la mort récente de l'ingénieur Luparello, ils lui servirent seulement à se rafraîchir la mémoire. Héritier d'une dynastie de promoteurs de Montelusa (le grand-père avait réalisé la vieille gare, le père le palais de justice), le jeune Silvio, après avoir décroché une très brillante licence au Politecnico de Milan, était rentré au pays pour poursuivre et développer l'activité de la famille.

Catholique pratiquant, il avait en politique suivi les idées du grand-père qui avait été un ardent partisan de Don Sturzo (sur les idées du père, milicien fasciste qui avait participé à la Marche sur Rome, on faisait comme de juste silence), et il s'était formé à la Fuci, l'organisation qui regroupait les jeunes universitaires catholiques, se créant là un solide réseau d'amitiés. Depuis lors, à chaque manifestation, célébration ou meeting que Dieu fait, Silvio Luparello était apparu au côté des personnalités du parti, mais toujours un pas en arrière, avec un demi-sourire signifiant qu'il était là par choix et non pas pour des raisons hiérarchiques. Désigné officiellement à plusieurs reprises comme candidat aux élections législatives ou régionales, il avait à chaque fois décliné avec de très nobles motivations, portées ponctuellement à la connaissance du public, dans lesquelles on en appelait à cette humilité, à ce goût de servir dans l'ombre qui étaient les qualités propres du catholique.

Et dans l'ombre et le silence, il avait servi pendant près de vingt ans, jusqu'à ce qu'un jour, fort de tout ce que dans l'ombre, il avait vu de ses yeux très perçants, il se fasse à son tour des serviteurs, le premier de tous étant le député Cusumano. Puis il avait mis la livrée au sénateur Portolano et au député Tricomi (mais les journaux les appelaient « amis fraternels », « partisans dévoués »).

En bref, tout le parti, à Montelusa et dans la province, était passé sous sa coupe, ainsi que quatre-vingts pour cent des marchés publics et privés. Même le tremblement de terre déclenché par des juges milanais, qui avait bouleversé la classe politique au pouvoir depuis cinquante ans, ne l'avait pas effleuré : plus encore, comme il s'était toujours placé au second plan, il pouvait maintenant sortir à découvert, se mettre en lumière, tonner contre la corruption de ses compagnons de parti. En un peu moins d'un an, il était devenu, comme porte-drapeau du renouveau, et dans l'enthousiasme général des militants, secrétaire provincial : malheureusement, entre sa nomination triomphale et sa mort, trois jours seulement étaient passés. Et un journal regrettait qu'à un personnage d'une si haute et exemplaire stature, le mauvais sort n'eût pas consenti le temps de faire revenir le parti aux anciennes splendeurs. Dans leur commémoration, les deux journaux s'accordaient à rappeler la grande générosité et l'âme délicate du disparu, sa disponibilité à tendre la main, en toute occasion douloureuse, aux amis comme aux ennemis sans distinction de parti.

Avec un frisson, Montalbano se souvint d'un reportage qu'il avait vu, l'année précédente, sur une télé locale. L'ingénieur inaugurait à Belfi, le village d'origine de son grand-père, un petit orphelinat auquel on donnait le nom de l'ancêtre : une vingtaine de minots, tous vêtus de la même façon, entonnaient une petite chanson de remerciement à l'ingénieur qui les écoutait, ému. Les paroles de cette ritournelle s'étaient gravées de manière indélébile dans la mémoire du commissaire : « Qu'il est bon, qu'il est beau/L'ingénieur Luparello. »

*
* *

Non contents de passer par-dessus les circonstances de la mort, les journaux taisaient aussi les rumeurs incontrôlées qui couraient depuis des années sur des affaires nettement moins publiques dans lesquelles l'ingénieur était impliqué. On parlait d'appels d'offre truqués, de milliards de lires de pots-de-vin, de pressions poussées jusqu'au chantage. Et chaque fois, dans ces cas, surgissait le nom de maître Rizzo, d'abord sous-fifre puis homme de confiance et enfin alter ego de Luparello. Mais il ne s'agissait que de rumeurs, de vagues bruits portés par le vent. On disait aussi que Rizzo assurait la liaison entre l'ingénieur et la mafia et sur ce sujet, justement, le commissaire avait eu l'occasion de jeter un coup d'œil à la dérobée sur un rapport réservé qui parlait de trafic de valeurs et de recyclage d'argent sale. Des soupçons, certes, et rien de plus, parce que ces soupçons n'avaient jamais eu la possibilité de se concrétiser : toutes les demandes d'autorisation d'enquête s'étaient perdues dans les méandres du palais de justice, celui-là même que le père de l'ingénieur avait conçu et construit.

*
**

A l'heure du déjeuner, il appela la brigade de Montelusa et demanda à parler à l'inspectrice Ferrara. C'était la fille d'un camarade de classe qui s'était marié tôt, une jeune femme agréable et spirituelle qui, allez savoir pourquoi, de temps en temps, le draguait.

— Anna ? J'ai besoin de toi.

— Ça alors, j'y crois pas !

— Tu as quelques heures libres cet après-midi ?

— Je me les trouve, commissaire. Toujours à ta disposition, de jour comme de nuit. A tes ordres ou, si tu veux, à tes désirs.

— Alors, je passe te prendre à Montelusa, chez toi, vers trois heures.

— Tu me remplis de joie.

— Ah, écoute, Anna : habille-toi en femme.

— Très hauts talons, robe fendue ?

— Je voulais juste te dire de ne pas te pointer en uniforme.

*
* *

Au deuxième coup de klaxon, Anna sortit très ponctuellement du porche, en jupe et chemisier. Elle ne posa pas de questions, et se limita à donner un baiser à Montalbano sur la joue. Quand la voiture prit le premier des trois chemins qui menaient de la route provinciale au Bercail, alors seulement, elle parla :

— Si tu veux me baiser, emmène-moi chez toi, ici, ça ne me plaît pas.

Au Bercail, il n'y avait que deux ou trois automobiles, mais les personnes qui les occupaient, manifestement, n'appartenaient pas au milieu noctambule de Gegè Gullotta. C'étaient des étudiantes et des étudiants, des couples bourgeois qui ne trouvaient pas d'autre endroit. Montalbano suivit le chemin jusqu'au bout, et freina au moment où les roues avant déjà s'enfonçaient dans la plage. Le gros buisson le long duquel on avait retrouvé la BMW de l'ingénieur se dressait à gauche, impossible à rejoindre par ce chemin.

— C'est l'endroit où ils l'ont trouvé ? s'enquit Anna.

— Oui.

— Qu'est-ce que tu cherches ?

— Je n'en sais rien. Descendons.

Ils se dirigèrent vers le bord de l'eau, Montalbano la prit par la taille, la serra et elle posa la tête contre son épaule, avec un sourire. Maintenant, elle comprenait pourquoi le commissaire l'avait invitée, c'était une comédie pure ; à deux, ils n'étaient qu'un couple d'amoureux ou d'amants qui, au Bercail, trouvaient le moyen de s'isoler. Anonymes, ils n'éveilleraient pas la curiosité.

« Quel fils de pute ! pensa-t-elle. Il se fout de ce que j'éprouve pour lui. »

A un certain moment, Montalbano s'arrêta, le dos à la mer. Les broussailles étaient devant eux, s'étendant à vol d'oiseau sur une centaine de mètres. Il n'y avait pas de place pour le doute : la BMW était venue non pas par les chemins mais par la plage et

elle s'était arrêtée, après s'être tournée vers le
maquis, le capot vers la vieille usine, c'est-à-dire
dans la position exactement inverse de celle que
devaient forcément prendre les automobiles provenant de la route provinciale, puisqu'il n'y avait
aucun espace pour manœuvrer. Pour qui voulait
retourner sur la provinciale, pas d'autre possibilité
que de reprendre les chemins en marche arrière. Tête
baissée, il marcha encore un moment en tenant toujours Anna serrée contre lui : pas de traces de pneus.
La mer avait tout effacé.

— Et maintenant, qu'est-ce qu'on fait ?

— D'abord je téléphone à Fazio et puis je te raccompagne chez toi.

— Commissaire, tu me permets de te dire quelque chose en toute sincérité ?

— Certes.

— Tu es un con.

# 4

— Commissaire ? C'est Pasquano. S'il vous plaît, auriez-vous l'amabilité de m'expliquer où vous étiez passé, Bon Dieu ? Ça fait trois heures que je vous cherche. Au commissariat, ils ne savaient rien.

— Vous êtes remonté contre moi, docteur ?

— Contre vous ? Contre l'univers entier !

— Qu'est-ce qu'on vous a fait ?

— On m'a contraint à donner la priorité à Luparello, exactement comme cela se passait de son vivant. Après la mort aussi, cet homme doit passer avant les autres ? Au cimetière aussi, il va avoir une place au premier rang ?

— Vous vouliez me dire quelque chose ?

— J'anticipe pour vous ce que je vous enverrai par écrit. Rien de rien, le brave homme est mort de cause naturelle.

— C'est-à-dire ?

— Pour parler en termes non scientifiques, son

cœur a explosé, littéralement. Pour le reste, il allait bien, vous savez ? Il n'y a que la pompe qui n'allait pas chez lui, et c'est elle qui l'a baisé, même s'ils avaient tenté une remarquable réparation.

— Sur le corps, il y avait d'autres traces ?

— De quoi ?

— Bah ! je ne sais pas, des ecchymoses, des piqûres.

— Je vous l'ai dit : rien. Je ne suis pas né d'hier, hein ? Et en plus, j'ai demandé et obtenu qu'assiste à l'autopsie mon collègue Capuano, son médecin.

— Vous vous êtes couvert, hein, docteur ?

— Qu'est-ce que vous avez dit ? !

— Une connerie, excusez-moi. Il avait d'autres maladies ?

— Pourquoi est-ce que vous revenez là-dessus ? Il n'avait rien, juste un peu d'hypertension. Il se soignait avec un diurétique, il prenait un cachet en début de matinée le jeudi et le dimanche.

— Donc, dimanche, quand il est mort, il l'avait pris.

— Et alors ? Qu'est-ce que voulez signifier par là, Bon Dieu ? Qu'on lui a empoisonné le cachet de diurétique ? Vous vous croyez encore au temps des Borgia ? Ou vous vous êtes mis à lire des polars d'occasion ? S'il avait été empoisonné, je m'en serais rendu compte, non ?

— Il avait dîné ?

— Il n'avait pas dîné.

— Vous pouvez me dire à quelle heure il est mort ?

— Vous me ferez devenir dingue, avec cette question. Vous vous laissez influencer par les films américains où dès que le flic demande à quelle heure s'est passé le crime, le médecin légiste répond que l'assassin a terminé son œuvre à dix-huit heures trente-deux, à une seconde près, trente-six jours auparavant. Vous l'avez vu vous-même que le cadavre était encore rigide, non ? Vous l'avez sentie vous aussi, cette chaleur qu'il y avait dans la voiture, non ?

— Et alors ?

— Et alors le regretté défunt nous a quittés entre dix-neuf heures et vingt-deux heures, la veille du jour où on l'a retrouvé.

— Rien d'autre ?

— Rien d'autre. Ah, si, j'oubliais : l'ingénieur est mort, c'est sûr, mais il a réussi à se le tirer, son petit coup. Il y avait des traces de sperme vers les parties basses.

*
* *

— Monsieur le questeur ? Montalbano à l'appareil. Je voulais vous dire que le docteur Pasquano vient tout juste de m'appeler. Il a fait l'autopsie.

— Montalbano, épargnez votre salive. Je sais tout : vers quatorze heures, j'ai été prévenu par Jacomuzzi qui était présent et qui m'a informé. C'est formidable !

— Je ne comprends pas, excusez-moi.

— Ça me paraît formidable que quelqu'un, dans notre splendide province, se décide à mourir de mort naturelle, donnant ainsi le bon exemple. Vous ne trouvez pas ? Encore deux ou trois morts comme celle de l'ingénieur et nous nous remettons sur la bonne voie avec les autres provinces d'Italie. Vous avez parlé avec Lo Bianco ?

— Pas encore.

— Faites-le tout de suite. Dites-lui que de notre côté, il n'y a plus de problèmes. Ils peuvent faire les funérailles quand ils veulent, si le juge n'y voit pas d'obstacle. Mais lui, il n'attend que ça. Ecoutez, Montalbano, ce matin, j'ai oublié de vous le dire, ma femme s'est inventé une fabuleuse recette pour les poulpes. Ça vous dirait de venir ce vendredi soir ?

*
**

— Montalbano ? Lo Bianco à l'appareil. Je voulais vous mettre au courant. En début d'après-midi, j'ai reçu un coup de fil du *dottore* Jacomuzzi.

« Quelle belle carrière manquée ! » fulmina mentalement Montalbano. « En d'autres temps,

Jacomuzzi aurait fait un superbe crieur public, de ceux qui parcouraient les rues en battant le tambour. »

— Il m'a annoncé que l'autopsie n'a rien révélé d'anormal, poursuivit le juge. Et donc, j'ai autorisé l'inhumation. Vous n'avez rien contre ?

— Rien.

— Je peux donc considérer le dossier comme clos ?

— Pouvez-vous me donner encore deux jours ?

Il entendit, littéralement il entendit, les sonnettes d'alarme se déclencher dans la tête de son interlocuteur.

— Pourquoi, Montalbano, qu'est-ce qu'il y a ?

— Rien, monsieur le juge, vraiment rien.

— Et alors, bon sang de bois ? Je vous l'avoue, commissaire, je n'ai aucune difficulté à vous le dire, nous avons tous reçu, aussi bien l'avocat général que le préfet et le questeur, nous avons reçu de pressantes sollicitations pour que l'affaire soit close dans les plus brefs délais. Rien d'illégal, bien entendu. Simplement des prières, fort correctes, de la part de ceux qui, familiers et amis du parti, veulent oublier et faire oublier au plus vite cette vilaine histoire. Et avec raison, à mon avis.

— Je comprends, monsieur le juge. Mais j'ai besoin de deux jours, pas plus.

— Mais pourquoi ? Donnez-moi une raison !

Il trouva une réponse, une échappatoire. Certes, il ne pouvait pas lui raconter que sa demande ne se fondait sur rien, ou mieux, qu'elle se fondait sur l'impression d'être, sans savoir ni comment ni pourquoi, pris pour un crétin par quelqu'un qui à ce moment se montrait plus habile que lui.

— Si vous voulez vraiment le savoir, je le fais pour la galerie. Je ne veux pas qu'on fasse courir le bruit que nous avons classé en hâte le dossier seulement parce que nous n'avions pas l'intention d'aller au bout de quelque chose. Vous savez, il ne faut pas grand-chose pour faire naître cette idée.

— Si c'est ça, je suis d'accord. Je vous donne ces quarante-huit heures. Mais pas une minute de plus. Essayez de comprendre la situation.

*
* *

— Gegè ? Comment ça va, vieux ? Excuse-moi si je te réveille à six heures et demie de l'après-déjeuner.

— Putain de merde !

— Gegè, est-ce que ce sont des façons de parler à un représentant de la loi, toi qui, devant la loi, ne peux faire autrement que chier dans ton froc ? A propos de putain, c'est vrai que tu t'envoies en l'air avec un nègre de quarante ?

— Quarante quoi ?

— Longueur de l'outil.

— Dis pas de conneries. Qu'est-ce que tu veux ?

— Je veux te parler.

— Quand ?

— Ce soir, tard. Donne-moi une heure.

— Disons minuit.

— Où ?

— A l'endroit habituel, à Puntasecca.

— Je t'embrasse sur ta belle petite bouche, Gegè.

*
**

— *Dottor* Montalbano ? Ici le préfet Squatrìto. Le juge Lo Bianco m'a communiqué voilà peu que vous avez demandé vingt-quatre heures ou quarante-huit, je ne me souviens pas bien, pour clore le dossier du pauvre ingénieur. Le *dottor* Jacomuzzi, qui, avec sa courtoisie de toujours, a tenu à m'informer des derniers développements, m'a fait savoir que l'autopsie a établi, sans équivoque aucune, que Luparello est décédé de mort naturelle. Loin de moi l'idée, que dis-je l'idée, l'ombre de l'idée, d'une quelconque interférence, qui, en outre, n'aurait aucune raison d'être, mais je me pose la question : pourquoi cette demande ?

— Ma demande, monsieur le préfet, comme je l'ai déjà dit à M. Lo Bianco, et comme je vous le réitère, est dictée par une volonté de transparence, afin d'étouffer dans l'œuf toute argumentation sur une éventuelle intention de la police de ne pas apurer tous les aspects de l'affaire et de la classer sans les vérifications nécessaires. Voilà tout.

Le préfet se déclara satisfait de la réponse, et du reste Montalbano avait soigneusement choisi deux verbes (réitérer et apurer) et un substantif (transparence) qui depuis toujours entraient dans le vocabulaire du préfet.

*
* *

— C'est Anna, excuse-moi si je te dérange.

— Pourquoi tu parles comme ça ? Tu es enrhumée ?

— Non, je suis au bureau, à la brigade, et je ne veux pas qu'ils m'entendent.

— Dis-moi.

— Jacomuzzi a téléphoné à mon chef, en lui disant que toi, tu ne veux pas encore clore le dossier Luparello. Mon chef a dit que tu fais le con comme d'habitude, opinion que je partage et que, du reste, j'ai eu l'occasion de t'exprimer voilà quelques heures.

— Tu me téléphones pour ça ? Merci de la confirmation.

— Commissaire, je dois te dire autre chose que

j'ai appris juste après t'avoir lâché, quand je suis revenue ici.

— Je suis dans la merde jusqu'au cou, Anna. Demain.

— Ce n'est pas une perte de temps, ce truc. Ça peut t'intéresser.

— Tu sais, jusqu'à une heure, une heure et demie cette nuit, je suis pris. Si tu peux faire un saut maintenant, ça va.

— Maintenant, je ne peux pas. Je viens chez toi à deux heures.

— Cette nuit ?

— Oui, et si tu n'es pas là, je t'attends.

*
**

— Allô, chéri ? C'est Livia. Excuse-moi de t'appeler au bureau, mais…

— Tu peux m'appeler où et quand tu veux. Qu'est-ce qui se passe ?

— Rien d'important. J'ai lu tout à l'heure dans un journal quelque chose sur la mort d'un homme politique dans ton coin. Et il y a juste un entrefilet qui dit que le commissaire Salvo Montalbano est en train de mener des vérifications méticuleuses sur les causes de la mort.

— Eh bien ?

— Cette mort te cause du tracas ?

— Pas trop.

— Alors, ça ne change rien ? Samedi prochain tu viens me voir ? Tu ne vas pas encore me faire une mauvaise surprise ?

— Quel genre ?

— Le coup de fil embarrassé qui me prévient que l'enquête a eu un développement imprévu et que donc je devrai attendre, mais que tu ne sais pas jusqu'à quand et que peut-être ce serait mieux de remettre ton voyage d'une semaine. Tu me l'as déjà fait, et plus d'une fois.

— Sois tranquille, cette fois, j'y arriverai.

*
* *

— *Dottor* Montalbano ? Ici le père Arcangelo Baldovino, secrétaire de Son Excellence l'évêque.

— Enchanté. Je vous écoute, mon père.

— L'évêque a appris, et avec une certaine stupeur, nous le confessons, la nouvelle que vous estimez opportun de prolonger les investigations sur la douloureuse et malheureuse disparition de l'ingénieur Luparello. Cette nouvelle concorde-t-elle avec la vérité ?

Elle concordait, confirma Montalbano, et pour la troisième fois, il expliqua les raisons de sa conduite. Le père Baldovino parut se laisser convaincre mais supplia le commissaire de faire au plus vite « afin d'empêcher d'ignobles spéculations et d'épargner à une famille déjà souffrante une épreuve supplémentaire ».

*
* *

— Commissaire Montalbano ? L'ingénieur Luparello à l'appareil.

— Oh, merde, mais tu n'étais pas mort ?

La mauvaise blague faillit échapper à Montalbano qui, heureusement, la retint à temps.

— Je suis le fils, continua l'autre, voix éduquée, très civilisée, sans aucune inflexion dialectale. Je m'appelle Stefano. Je dois présenter à votre courtoise attention une requête qui, peut-être, vous paraîtra insolite. Je vous téléphone de la part de ma mère.

— Si je puis vous être utile, je le ferai volontiers.

— Ma mère souhaiterait vous rencontrer.

— Pourquoi serait-ce insolite, monsieur ? Je comptais bien moi-même, un de ces prochains jours, demander à madame de me recevoir.

— Le fait est, commissaire, que ma mère souhaiterait vous rencontrer d'ici demain, au plus tard.

— Mon Dieu, monsieur, ces jours-ci, je n'ai pas une minute, vous pouvez me croire. Et vous non plus, je suppose.

— Dix minutes, on les trouve toujours, ne vous

inquiétez pas. Cela vous ira, demain après-midi à dix-huit heures précises ?

*
**

— Montalbano, je sais que je t'ai fait attendre, mais j'étais…

— … aux chiottes, dans ton royaume. Alors, qu'est-ce que tu veux ?

— Je voulais t'avertir d'une chose grave. Je viens juste de recevoir un coup de fil du pape, du Vatican, il est très en colère contre toi.

— Mais qu'est-ce que tu racontes ?

— Eh oui, il est furieux parce que c'est la seule personne au monde à ne pas avoir reçu ton rapport sur les résultats de l'autopsie de Luparello. Il s'est senti négligé, il a l'intention, à ce qu'il m'a fait comprendre, de t'excommunier. T'es foutu.

— Montalbà, t'as complètement perdu la tête.

— Tu peux me dire quelque chose, par curiosité ?

— Certainement.

— Tu lèches le cul aux gens par ambition ou par nature ?

La sincérité de la réponse le stupéfia.

— Par nature, je crois.

— Ecoute, vous avez fini d'examiner les vêtements que portait l'ingénieur ? Vous n'avez rien trouvé ?

— Nous avons trouvé ce qui était dans un certain sens prévisible. Traces de sperme sur le caleçon et sur le pantalon.

— Et dans la voiture ?

— Nous sommes encore en train de l'examiner.

— Merci. Retourne où tu étais. Va chier.

\*
\*\*

— Commissaire ? Je vous appelle d'une cabine sur la provinciale, près de la vieille usine. J'ai fait ce que vous m'avez demandé.

— Dis-moi, Fazio.

— Vous aviez parfaitement raison. La BMW de Luparello est venue de Montelusa et pas de Vigàta.

— Tu en es certain ?

— Du côté de Vigàta, la plage est interrompue par des blocs de ciment, on ne passe pas, il aurait fallu qu'il vole.

— Tu as découvert le parcours qu'il a pu suivre ?

— Oui, mais c'est de la folie.

— Explique-toi mieux. Pourquoi ?

— Parce que, si de Montelusa vers Vigàta, il y a des dizaines et des dizaines de routes et de chemins qu'on peut prendre pour ne pas se faire remarquer, à un certain point, pour arriver au Bercail, la voiture de l'ingénieur a dû suivre le lit à sec du Canneto.

— Du Canneto ? Mais c'est impraticable !

— Mais moi, je l'ai fait, et donc quelqu'un d'autre peut l'avoir fait. Il est complètement à sec. Sauf que mon auto y a laissé ses suspensions. Et étant donné que vous n'avez pas voulu que je prenne la voiture de service, ça sera à moi...

— Je te la paierai, moi, ta réparation. Il y a autre chose ?

— Oui. Juste en sortant du lit du Canneto et en approchant de la plage, les roues de la BMW ont laissé leur empreinte. Si on prévient tout de suite le *dottore* Jacomuzzi, on peut faire prendre un moulage.

— Laisse-le dans sa merde, Jacomuzzi.

— C'est vous qui commandez. Il vous faut autre chose ?

— Non, Fazio, rentre. Merci.

## 5

La petite plage de Puntasecca, bande de sable compact à l'abri d'une colline de marne blanche, était à cette heure déserte. Quand le commissaire arriva, Gegè l'y attendait déjà en fumant une cigarette, appuyé à son automobile.

— Descends, Salvù, dit-il à Montalbano, qu'on se prenne un peu de bon air ensemble. (Ils restèrent un court moment à fumer en silence. Puis Gegè éteignit sa cigarette et parla.) Salvù, je le sais, ce que tu veux me demander. Et je me suis bien préparé, tu peux m'interroger même au hasard.

Ils sourirent au souvenir commun. Ils s'étaient connus à la petite primaire, une modeste école privée qui précédait les classes élémentaires, et la maîtresse n'était autre que Mlle Marianna, sœur de Gegè, de quinze ans son aînée. Ecoliers paresseux, Salvo et Gegè apprenaient leurs leçons comme des perroquets et les répétaient en bons perroquets.

Mais certains jours, la maîtresse ne se contentait pas de ces litanies et commençait alors l'interrogation au hasard, c'est-à-dire sans suivre l'ordre habituel des données : là, on souffrait, parce qu'il fallait avoir compris, avoir noué des nœuds logiques.

— Comment elle va, la sœur ? demanda le commissaire en dialecte.

— Je l'ai emmenée à Barcellona, que là, il y a une clinique spécialisée pour les yeux. Paraît qu'y font des miracles. Ils m'ont dit que, au moins l'œil droit, ils y arriveront, à lui en faire récupérer une partie.

— Quand tu la vois, transmets-lui mes vœux.

— J'y manquerai pas. Je te disais que je me suis préparé. Envoie les questions.

— Combien de personnes tu administres au Bercail ?

— Vingt-huit, entre les radasses et les tantes de divers genre. Plus Filippo di Cosmo et Manuele Lo Pìparo qui sont là à surveiller qu'il y ait pas de bordel, tu comprends, suffit d'un rien, et je l'ai dans l'os.

— Donc, on ouvre les yeux.

— Sûr. Tu le comprends, les dégâts que ça peut me faire, je sais pas, une chicore, un coup de lame, une overdose ?

— Tu te limites toujours aux drogues légères ?

— Toujours. De l'herbe, au maximum de la cocaïne. Demande-le aux balayeurs si le matin ils trouvent une seule seringue, demande-leur.

— Je te crois.

— Et puis Giambalvo, le patron des Mœurs, il me lâche pas une minute. Il me supporte, qu'il dit, seulement si je ne crée pas de complications, si je ne lui casse pas les couilles avec un gros truc.

— Je le comprends, Giambalvo : il s'inquiète de ne pas être obligé de te faire fermer le Bercail. Il en viendrait à perdre ce que tu lui passes sous la table. Qu'est-ce que tu lui donnes, une mensualité, un pourcentage fixe ? Combien tu lui donnes ?

Gegè sourit.

— Fais-toi transférer aux Mœurs et tu le découvriras. A moi, ça me ferait plaisir, comme ça j'aiderais un misérable comme toi qui vit seulement sur son salaire et qui se balade habillé comme un mort-de-faim.

— Merci du compliment. Maintenant, parle-moi de cette nuit.

— Donc, il pouvait être dans les dix heures, dix heures et demie, quand Milly, qui était au boulot, a vu les phares d'une automobile qui, venant du côté de Montelusa en longeant la mer, se dirigeait à toute vitesse vers le Bercail. Elle s'est pris une belle trouille.

— Qui est cette Milly ?

— Elle s'appelle Giuseppina La Volpe, elle est née à Mistretta et a trente ans. C'est une fille maligne. (Tirant de sa poche une feuille pliée, il la tendit à

Montalbano.) Là, j'ai écrit les vrais noms et prénoms. Et aussi les adresses, au cas où tu voudrais leur parler en personne.

— Pourquoi tu dis que Milly a pris peur ?

— Parce qu'une automobile, par ici, elle pouvait pas arriver, à moins de descendre par le Canneto, un coup à se démolir la voiture et la caboche avec. D'abord, elle a pensé à un coup de génie de Giambalvo, une rafle sans préavis. Puis elle a réfléchi que ça pouvait pas être les Mœurs : une rafle, on la fait pas avec une seule bagnole. Alors, elle s'est pris une trouille encore plus grosse, parce qu'il lui est venu en tête que ça pouvait être ceux de Monterosso, qui me font la guerre pour me prendre le Bercail. Et peut-être qu'ils allaient déclencher une fusillade : pour être prête à tout moment à fuir, elle s'est mise à fixer la voiture et son client a protesté. Mais elle a eu le temps de voir que l'automobile tournait, elle s'est dirigée à toute blinde vers les broussailles à côté, elle y est presque rentrée, et elle s'est arrêtée.

— Tu ne m'apprends rien, Gegè.

— L'homme qui avait baisé Milly l'a fait descendre et, en marche arrière, il a repris le chemin vers la provinciale. Milly s'est mise à attendre une autre passe, en faisant des allées et venues. Au même endroit où elle était juste avant, arrive Carmen avec un fidèle qui vient la trouver chaque

samedi et chaque dimanche, toujours au même
horaire et il y passe beaucoup de temps. Le vrai nom
de Carmen est dans la feuille que je t'ai donnée.

— Il y a l'adresse aussi ?

— Oui. Avant que le client éteigne les phares,
Carmen a vu que les deux qui étaient dans la BMW
baisaient déjà.

— Elle t'a dit exactement ce qu'elle a vu ?

— Oui, ça a duré quelques secondes, mais elle a
vu. Peut-être parce qu'elle a été impressionnée, des
automobiles de ce genre, au Bercail, on n'en voit pas.
Donc, la fille, qui était à la place du chauffeur — ah,
j'avais oublié, Milly a dit que c'était elle qui conduisait — s'est retournée, elle est montée sur les jambes
de l'homme qui était à côté d'elle, a farfouillé un peu
avec ses mains en bas, qu'on voyait pas, et puis elle
s'est mise à monter et à descendre. Mais peut-être
que t'as oublié comment on fait pour baiser ?

— Je ne crois pas. Mais vérifions ça. Quand t'au-
ras fini de me raconter, tu baisses ton pantalon, tu
appuies tes jolies petites mains sur le capot et tu
tends le cul. Si j'ai oublié quelque chose, tu me le
rappelleras. Continue, ne me fais pas perdre de
temps.

— Quand ils ont fini, la fille a ouvert la portière et
elle est descendue, elle s'est rajusté la robe, a refermé.
L'homme, au lieu de remettre le moteur en route et
de repartir, est resté à sa place, la tête appuyée en

arrière. La fille est passée tout contre la voiture de Carmen et juste à ce moment, elle a été prise en plein dans les phares. C'était une belle gisquette, blonde, élégante. Elle avait à la main un sac à bandoulière. Elle s'est dirigée droit vers la vieille usine.

— Autre chose ?

— Oui. Manuele, qui faisait une tournée de surveillance, l'a vue qui sortait du Bercail et se dirigeait vers la provinciale. Comme elle n'avait pas l'air, à sa façon de s'habiller, d'une du Bercail, il a fait demi-tour pour la suivre mais une voiture l'a prise.

— Arrête-toi une seconde, Gegè. Manuele l'a vue qui attendait, le pouce levé, que quelqu'un la prenne ?

— Salvù, mais comment tu fais ? T'es vraiment un flic-né.

— Pourquoi ?

— Parce que c'est justement de ce point que Manuele n'est pas convaincu. Ce qui veut dire qu'il n'a pas vu la fille faire un signe, et pourtant la voiture s'est arrêtée. Non seulement, mais en plus Manuele a eu l'impression que l'auto, qui roulait vite, avait déjà la portière ouverte quand elle a freiné pour la faire monter. Manuele n'a pas du tout pensé à prendre le numéro de la plaque, il n'y avait pas de raison.

— Ben oui. Et sur l'homme à la BMW, sur Luparello, tu ne peux rien me dire ?

— Pas grand-chose. Il avait des lunettes, une veste qu'il n'a jamais enlevée, malgré la baise et la grande chaleur. Mais il y a un point où le récit de Milly ne correspond pas à celui de Carmen. Milly dit que quand l'automobile est arrivée, il lui a semblé que l'homme avait une cravate ou un mouchoir autour du cou, Carmen soutient que quand elle l'a vu, l'homme avait la chemise ouverte et c'est tout. Mais ça me paraît pas grand-chose : l'ingénieur, il peut s'être levé la cravate pendant qu'il baisait, peut-être qu'elle le gênait.

— La cravate oui, mais la veste non ? Ce n'est pas un détail de rien du tout, Gegè, parce que dans la voiture, on n'a trouvé aucune cravate ni mouchoir.

— Ça ne veut rien dire, peut-être qu'elle est tombée sur la plage quand la fille est descendue.

— Les hommes de Jacomuzzi ont fouillé, ils n'ont rien trouvé.

Ils se turent, pensifs.

— Peut-être qu'il y a une explication à ce qu'a vu Milly, dit tout à coup Gegè. Il ne s'agissait ni d'une cravate ni d'un mouchoir. L'homme avait encore la ceinture de sécurité — tu comprends, ils s'étaient fait le lit du Canneto, avec toutes les pierres qu'il y a — et il se l'est défaite quand la fille s'est mise sur lui, la ceinture, sûrement, elle l'aurait trop gêné.

— Peut-être.

— Salvù, je t'ai dit tout ce que j'ai réussi à savoir

sur cette histoire. Et je te le raconte dans mon propre
intérêt. Parce que moi, ça m'arrange pas qu'un gros
poisson comme Luparello vienne crever au Bercail.
Maintenant, tous les yeux sont tournés vers ici, et
toi, plus vite tu la finis, l'enquête, mieux ça vaut. Au
bout de deux jours, les gens oublient et on retourne
tous au turf tranquilles. Je peux y aller ? A cette
heure, au Bercail, nous sommes en plein boum.

— Attends. Toi, quelle opinion tu t'es faite, là-
dessus ?

— Moi ? Le flic, c'est toi. En tout cas, pour te faire
plaisir, je te dirai que, pour moi, cette histoire, ça
pue. Admettons que la fille soit une putain de haut
vol, une étrangère. Tu vas pas me dire que Luparello
ne sait pas où l'emmener ?

— Gegè, tu sais ce que c'est, une perversion ?

— Tu viens me le raconter à moi ? Je pourrais t'en
raconter, des trucs, que tu me vomirais sur mes
pompes. Je sais ce que tu veux me dire, qu'ils sont
venus au Bercail parce que l'endroit les excitait.
C'est déjà arrivé. Tu sais qu'une nuit, s'est pointé un
juge avec ses gardes du corps ?

— C'est vrai ? C'était qui ?

— Le juge Cosentino, je peux te dire le nom. Le
soir d'avant le jour où ils l'ont renvoyé chez lui à
coups de pied au cul, il est venu au Bercail avec une
voiture de protection, il s'est pris un travesti et se
l'est baisé.

— Et les gardes du corps ?

— Ils se firent une longue promenade au bord de la mer. Mais, pour en revenir à ce qu'on disait : Cosentino savait qu'il était foutu et il s'est passé une envie. Mais l'ingénieur, quel intérêt il avait ? C'était pas un type de ce genre. Les filles, ça lui plaisait, tout le monde le sait, mais avec prudence, sans se faire voir. Et qui est la fille capable de lui faire mettre en danger tout ce qu'il était et représentait, rien que pour tirer un coup ? Ça ne me convainc pas, Salvù.

— Continue.

— Si, au contraire, on admet que la fille n'était pas une putain, ça me met encore plus mal. Ils se seraient encore moins fait voir au Bercail. Et puis : la voiture était conduite par la fille, ça c'est sûr. A part le fait que personne ne confie une voiture qui vaut ce qu'elle vaut à une putain, cette fille devait être à faire peur. D'abord, elle n'a pas de problèmes à se taper la descente du Canneto puis, quand l'ingénieur lui meurt entre les cuisses, elle se lève tranquillement, descend, s'arrange, ferme la portière et s'en va. Ça te paraît normal ?

— Ça ne me paraît pas normal.

A ce point, Gegè se mit à rire et alluma son briquet.

— Qu'est-ce qui te prend ? s'étonna Montalbano.

— Viens là, tantouse. Approche ton visage.

Le commissaire obtempéra et Gegè lui éclaira les yeux, puis éteignit.

— J'ai compris. Les pensées qui te sont venues à toi, homme de la *Liggi*, sont exactement identiques à celles qui me sont venues à moi, homme de délinquance. Et tu voulais seulement voir si elles concordaient, hein, Salvù ?

— Oui, tu devinas.

— Difficile que je me trompe, avec toi. Allez, va, je te salue.

— Merci, dit Montalbano.

Le commissaire partit le premier, mais peu après, il fut rejoint par son ami qui, se tenant à sa hauteur, lui fit signe de ralentir.

— Qu'est-ce que tu veux ?

— Je ne sais pas où j'avais la tête, je voulais te le dire avant. Mais tu sais que tu étais vraiment mignon, aujourd'hui après déjeuner, au Bercail, main dans la main avec l'inspectrice Ferrara ?

Et il accéléra, mettant une distance de sécurité entre le commissaire et lui, puis il leva le bras pour le saluer.

*
**

Rentré chez lui, le commissaire nota quelques détails que Gegè lui avait fournis, mais il tomba bientôt de sommeil. Un coup d'œil à sa montre lui apprit qu'il était une heure passée et il alla dormir. Il fut réveillé par la sonnerie insistante de la porte, ses yeux se posèrent sur le réveil, il était deux heures un quart. A grand-peine, il se leva — tiré du premier sommeil, il avait toujours des réflexes lents.

— Merde, qui ça peut être à cette heure ?

En caleçon comme il était, il alla ouvrir.

— Salut, lui dit Anna.

Il l'avait complètement oubliée. La jeune femme lui avait dit qu'elle viendrait le trouver vers cette heure-là. Anna le considérait des pieds à la tête.

— Je vois que tu es dans la tenue adéquate, ajouta-t-elle avant d'entrer.

— Dis-moi ce que tu as à me dire et puis rentre vite chez toi, je suis mort.

Montalbano était vraiment fatigué de cette intrusion ; il alla dans sa chambre à coucher, enfila un pantalon et une chemise, revint dans la salle à manger. Anna n'était plus là, elle était passée dans la cuisine, avait ouvert le réfrigérateur et mordait déjà dans un sandwich au jambon.

— J'ai tellement faim que j'y vois plus clair.

— Parle en mangeant, dit Montalbano en mettant sur le gaz la cafetière napolitaine.

— Tu te fais un café ? A cette heure ? Mais après, tu y arrives, à dormir ?

— Anna, je t'en prie.

Il n'arrivait pas à être courtois.

— C'est bon. Cet après-midi, après qu'on s'est quittés, j'ai appris d'un collègue, lequel avait à son tour été renseigné par un informateur, que depuis hier, mardi matin, quelqu'un a fait le tour de tous les bijoutiers, receleurs et prêteurs sur gages clandestins ou pas, pour donner un avertissement : si quelqu'un se présentait pour vendre ou mettre en gage un certain bijou, ils devaient prévenir. Il s'agit d'un collier, chaîne en or massif, pendentif en forme de cœur couvert de brillants. Le genre de chose qu'on trouve au supermarché à dix mille lires, sauf que là, c'est du vrai.

— Et comment ils doivent l'avertir, par un coup de fil ?

— Ne plaisante pas. A chacun, il a dit de faire un signal différent, je ne sais pas, de mettre à la fenêtre un tissu vert ou de pendre à l'entrée un bout de journal, ce genre de choses. Malin, comme ça, il voit sans être vu.

— D'accord, mais moi...

— Laisse-moi finir. A la façon dont il parlait, et dont il bougeait, les gens ont compris qu'il valait mieux faire ce qu'il disait. Puis nous avons su que d'autres personnes, dans le même temps, faisaient la même tournée des sept églises dans tous les villages de la province, Vigàta comprise. Donc, celui qui l'a perdu, ce collier, il veut le récupérer.

— Je n'y vois rien de mal. Mais pourquoi dans ta petite tête tu t'es dit que ça devrait m'intéresser ?

— Parce qu'à un receleur de Montelusa, l'homme a dit que le collier avait peut-être été perdu au Bercail, dans la nuit de dimanche à lundi. Maintenant, la chose t'intéresse ?

— Jusqu'à un certain point.

— Je le sais, ça peut être une coïncidence et n'avoir aucun rapport avec la mort de Luparello.

— De toute façon, je te remercie. Maintenant, rentre à la maison, il se fait tard.

Le café était prêt, Montalbano s'en versa une tasse et naturellement, Anna profita de l'occasion.

— Et pour moi, rien ?

Avec des trésors de patience, le commissaire remplit une autre tasse et la lui tendit. Anna lui plaisait, mais était-il possible qu'elle ne comprenne pas qu'il était pris par une autre femme ?

— Non, dit soudain Anna en arrêtant de boire.

— Non quoi ?

— Je ne veux pas rentrer chez moi. Ça te déplaît tant que ça si cette nuit, je reste là avec toi ?

— Oui, ça me déplaît.

— Mais pourquoi ?

— Je suis trop ami de ton père, j'aurais l'impression de lui faire du tort.

— Quelle connerie !

— Peut-être, mais c'est comme ça. Et puis tu

oublies que je suis amoureux, et pour de bon, d'une autre femme.

— Qui n'est pas là.

— Qui n'est pas là mais c'est comme si elle était là. Ne sois pas stupide et ne dis pas des choses stupides. Tu n'as pas de chance, Anna, tu as affaire à un homme honnête. Je regrette. Excuse-moi.

*
**

Pas moyen de s'endormir. Anna avait eu raison de l'avertir que le café le tiendrait éveillé. Mais il y avait autre chose qui le rendait nerveux : si ce collier avait été perdu au Bercail, à coup sûr, Gegè aussi avait été mis au courant. Mais Gegè s'était bien gardé de lui en parler et sûrement pas parce que le fait était insignifiant.

# 6

A cinq heures et demie du matin, après avoir passé la nuit entière à se lever et à se remettre au lit, Montalbano arrêta un plan concernant Gegè, pour lui faire payer indirectement son silence sur le collier perdu et ses moqueries sur la balade au Bercail. Il prit une longue douche, but trois cafés à la suite, se mit au volant.

Arrivé au Rabàto, le plus ancien quartier de Montelusa, détruit trente ans plus tôt par un éboulement et habité à présent dans les ruines tant bien que mal relevées, dans les masures lézardées et croulantes, par des clandestins tunisiens et marocains, il se dirigea, à travers des ruelles étroites et tortueuses, vers la place Santa Croce : l'église était restée intacte dans les ruines. Il tira de sa poche le billet que lui avait donné Gegè : Carmen, à la ville Fatma ben Gallud, Tunisienne, habitait au numéro 48. C'était un misérable *catojo*, une petite pièce en rez-de-chaussée, avec une lucarne ouverte dans le bois de la porte pour la circulation de l'air. Il frappa et personne ne répondit. Il frappa encore plus fort et cette fois, une voix assoupie demanda :

— Qui c'est ?

— Police, lança Montalbano.

Il avait décidé de frapper fort en la cueillant dans la torpeur d'un réveil imprévu. Après tout, Fatma, de par son travail au Bercail, avait dû dormir encore moins que lui. La porte s'ouvrit, la femme était drapée dans une grande serviette de plage qu'elle tenait d'une main à la hauteur de la poitrine.

— Qu'est-ce que tu veux ?

— Te parler.

Elle se mit de côté. Le *catojo* était meublé d'un lit pour deux à moitié défait, d'une petite table avec deux sièges, d'un modeste fourneau à gaz ; un rideau de plastique séparait le lavabo et le siège des toilettes du reste de la pièce. Tout cela briqué, parfaitement en ordre. Mais dans la chambre, l'odeur de la femme et du parfum bon marché qu'elle utilisait coupait quasiment la respiration.

— Montre-moi ton permis de séjour.

Comme sous l'effet de la frayeur, la femme laissa tomber la serviette, levant les mains pour se couvrir les yeux. Longues jambes, taille étroite, ventre plat, seins hauts et fermes, une vraie femme comme celles qui se voyaient dans les publicités à la télévision. Au bout d'un instant, devant l'attente immobile de Fatma, Montalbano se rendit compte qu'il ne s'agissait pas de peur, mais d'une tentative pour trouver le plus évident et le plus pratique des arrangements entre un homme et une femme.

— Habille-toi.

Il y avait un fil de fer tendu d'un coin à l'autre du *catojo* et Fatma s'en approcha, épaules larges, dos parfait, fesses petites et rondes.

« Avec un corps pareil, pensa Montalbano, elle a dû en voir des vertes et des pas mûres. »

Il s'imagina la file discrète, dans certains bureaux, derrière la porte fermée au-delà de laquelle Fatma se gagnait la « tolérance des Autorités », comme il lui était quelquefois arrivé de lire, le genre de tolérance pour laquelle il existe justement des maisons. Fatma revêtit son corps nu d'une légère robe de coton et resta debout devant Montalbano.

— Alors, ces papiers ?

La femme fit non de la tête. Et se mit à pleurer en silence.

— N'aie pas peur, lui dit le commissaire.

— Pas peur. Vraiment, je non ai de chance.

— Et pourquoi ?

— Parce que si tu attends quelques jours, je non suis plus là.

— Et tu voulais aller où ?

— Il y a mônsieur di Fela, attaché à moi, je plais à lui, dimanche, il dit m'épouser moi. Je crois à lui.

— Celui qui vient te voir chaque samedi et dimanche ?

Fatma écarquilla les yeux.

— Comment tu sais ?

Elle se remit à pleurer.

— Mais maintenant, tout fini.

— Dis-moi une chose. Gegè te laisse partir avec ce M. di Fela ?

— Mônsieur parle avec mônsieur Gegè, mônsieur paye.

— Ecoute, Fatma, tu fais comme si je n'étais pas venu. Je veux te demander juste une chose et si tu me réponds sincèrement, je fais demi-tour, je m'en vais, tu peux te recoucher.

— Qu'est-ce que tu veux savoir ?

— On t'a demandé, au Bercail, si tu avais trouvé quelque chose ?

Les yeux de la femme s'illuminèrent.

— Oh oui ! Venu mônsieur Filippo, que lui homme mônsieur Gegè, dit à nous tous si on trouve collier d'or avec cœur de brillants, le donner tout de suite à lui. Si pas trouvé, chercher.

— Et on l'a retrouvé ?

— Non. Cette nuit aussi, tous chercher.

— Merci, dit Montalbano en se dirigeant vers la porte.

Sur le seuil, il s'arrêta pour jeter un coup d'œil à Fatma.

— Et tous mes vœux.

Dans l'os jusqu'à la moelle, Gegè : ce qu'il lui avait soigneusement caché, Montalbano avait réussi à le savoir quand même. Et de ce que Fatma venait de lui dire, il tira une conséquence logique.

*
* *

Il arriva au commissariat à sept heures du matin, ce qui lui valut un regard préoccupé de l'agent de garde.

— *Dottore*, quelque chose ne va pas ?

— Rien, le rassura-t-il. Je me suis juste réveillé tôt.

Il avait acheté les deux journaux de l'île, et se mit à les lire. Avec grande abondance de détails, le premier annonçait pour le lendemain les funérailles solennelles de Luparello. Elles se dérouleraient à la cathédrale et l'évêque en personne officierait. Des mesures de sécurité extraordinaires allaient être prises, étant donné l'affluence prévisible de personnalités venues prendre part à la peine de la famille et rendre les derniers devoirs. A bien compter, deux ministres, quatre sous-secrétaires, dix-huits députés et sénateurs, une marée de députés régionaux. Et

donc, on allait faire appel aux policiers, aux carabiniers, à la garde des Finances, aux vigiles urbains,
sans parler des escortes personnelles, et des autres,
encore plus personnelles, et desquelles le journal ne
disait mot, constituées par des gens qui avaient certainement à voir avec l'ordre public, mais de l'autre
côté de la barricade par rapport à la *Liggi*, comme ils
disaient. Le second journal répétait à peu près la
même chose, ajoutant que le catafalque avait été installé dans la cour du palais Luparello et qu'une file
interminable attendait de présenter ses remerciements pour tout ce que le mort, naturellement
quand il était encore en vie, avait fait, à la sueur de
son front et en toute impartialité.

Entre-temps, le brigadier Fazio était arrivé, et avec
lui, Montalbano parla longuement de quelques
enquêtes en cours. De Montelusa, aucun coup de fil.
Quand il fut midi, le commissaire ouvrit un dossier
qui contenait les dépositions des ramasse-poubelles
sur la découverte du cadavre, copia leur adresse,
salua brigadier et agents, annonçant qu'il donnerait
de ses nouvelles dans l'après-midi.

Si les hommes de Gegè avaient parlé du collier
avec les putes, ils en avaient sûrement dit un mot
aux ramasse-poubelles.

*
* *

28, descente Gravet, une maison de trois étages, avec interphone. Une voix de femme mûre répondit.

— Je suis un ami de Pino.

— Mon fils, il est pas là.

— Mais il n'a pas terminé à la « Splendeur » ?

— Il a fini, mais il est allé ailleurs.

— Vous pouvez m'ouvrir, madame ? Je dois juste lui laisser une enveloppe. Quel étage ?

— Le dernier.

Une pauvreté digne, deux pièces, une cuisine où on pouvait manger, le cabinet. A peine entré, on devinait le nombre de mètres carrés. La dame, une quinquagénaire modestement vêtue, lui montra le chemin.

— Par ici, dans la chambre de Pino.

Une chambrette pleine de livres et de revues, une petite table couverte de papiers sous la fenêtre.

— Pino, il est allé où ?

— A Raccadali, il est en train de répéter une œuvre de Martogliato, celle qui parle de San Giuvanni le décollé. Ça lui plaît, à mon fils, de faire l'acteur.

Montalbano s'approcha de la petite table. Pino était manifestement en train d'écrire une comédie : sur une feuille de papier, il avait aligné une série de répliques. Mais en lisant un nom, le commissaire éprouva comme une secousse.

— Madame, vous pourriez m'offrir un verre d'eau ?

Dès que la femme se fut éloignée, il plia la feuille et la glissa dans la poche.

— L'enveloppe, lui rappela la dame qui revenait en lui tendant un verre.

Montalbano exécuta une parfaite pantomime, que Pino, s'il avait été présent, aurait beaucoup admirée : il fouilla les poches de son pantalon puis, plus hâtivement, celles de sa veste, prit une mine surprise et à la fin se donna une grande tape sur le front.

— Que je suis bête ! L'enveloppe, je l'ai oubliée au bureau ! Il me faut cinq minutes, madame, je vais la prendre et je reviens tout de suite.

\*
\*\*

Il se précipita dans la voiture, prit la feuille qu'il venait de voler et ce qu'il y lut l'assombrit. Il mit le contact, partit. 102, rue Lincoln. Dans sa déposition, Saro avait aussi précisé le numéro de la porte. Deux plus deux égale quatre, le commissaire calcula que le géomètre ramasse-poubelles devait habiter au sixième étage. L'entrée de l'immeuble était ouverte, mais l'ascenseur cassé. Il se tapa les six étages mais eut la satisfaction d'avoir misé sur le bon numéro ;

une plaque briquée annonçait : « Montaperto Baldassare ». Vint lui ouvrir une minuscule jeune femme, un enfant au bras, l'œil inquiet.

— Il est là, Saro ?

— Il est allé à la pharmacie prendre les médicaments pour notre fils, mais il revient tout de suite.

— Pourquoi, il est malade ?

Sans répondre, la femme allongea un peu le bras pour lui faire voir. Le petit, et comment qu'il était malade : le teint jaune, les petites joues creuses, les grands yeux déjà adultes qui le fixaient, sourcils froncés. Montalbano eut de la peine, il ne supportait pas la souffrance des innocents minots .

— Qu'est-ce qu'il a ?

— Les médecins ne savent pas l'expliquer. Vous, vous êtes qui ?

— Je m'appelle Virduzzo, je fais le comptable à la « Splendeur ».

— Rentrez.

La femme s'était sentie rassurée. Devant l'appartement en désordre, il paraissait évident que la femme de Saro devait trop s'occuper du petit pour avoir le temps de s'occuper de la maison.

— Qu'est-ce que vous lui voulez, à Saro ?

— Je crois que je me suis trompé, à son détriment, sur le compte de la dernière paie, je voudrais voir sa fiche.

— Si c'est pour ça, dit la femme, pas besoin

d'attendre Saro. L'enveloppe, je peux vous la faire voir, moi. Venez.

Montalbano la suivit, il avait trouvé une autre excuse pour s'attarder jusqu'au retour du mari. Dans la chambre à coucher flottait une mauvaise odeur, on eût dit du lait tourné. La femme essaya d'ouvrir le tiroir le plus haut de la commode, mais n'y arriva pas ; elle ne pouvait se servir que d'une main, car, dans l'autre bras, elle gardait le petit.

— Si vous permettez, je vais le faire, dit Montalbano.

La femme se mit sur le côté, le commissaire ouvrit le tiroir, le vit plein de papiers, de comptes, d'ordonnances, de reçus.

— Où sont les fiches de paie ?

Ce fut alors que Saro entra dans la chambre, ils ne l'avaient pas entendu, la porte de l'appartement était restée ouverte. Sur le coup, à la vue de Montalbano qui cherchait dans le tiroir, il fut convaincu que le commissaire était en train de perquisitionner la maison, à la recherche du collier. Il blêmit, se mit à trembler, s'appuya au chambranle.

— Qu'est-ce que vous voulez ? articula-t-il difficilement.

Atterrée par la visible frayeur de son mari, la femme parla avant que Montalbano réussisse à répondre.

— Mais c'est le comptable Virduzzo ! lança-t-elle, criant presque.

— Virduzzo ? Lui, c'est le commissaire Montalbano !

La femme vacilla, et Montalbano se précipita pour la soutenir, dans la crainte que le petit tombe à terre avec sa mère, et il l'aida à s'asseoir sur le lit. Puis le commissaire parla, et les mots sortirent de sa bouche sans que son cerveau intervienne, phénomène survenu en d'autres occasions et qu'un journaliste imaginatif avait un jour appelé « l'éclair de l'intuition qui parfois foudroie notre policier ».

— Vous l'avez mis où, le collier ?

Saro s'avança, raidi par l'effort de maîtriser ses jambes qui se dérobaient sous lui, il s'approcha de la commode, ouvrit le tiroir et en tira le paquet enveloppé de papier journal qu'il jeta sur le lit. Montalbano le ramassa, passa dans la cuisine, s'assit, défit le paquet. C'était un bijou grossier et très fin à la fois : grossier de par le dessin d'ensemble, très fin pour la facture et pour la taille des diamants qui y étaient sertis. Cependant, Saro l'avait suivi à la cuisine.

— Quand l'as-tu trouvé ?

— Lundi matin tôt, au Bercail, répondit-il en dialecte.

— Tu l'as dit à quelqu'un ?

— Oh que non, seulement à ma femme.

— Et quelqu'un est venu s'enquérir si tu avais trouvé un collier comme ci et comme ça ?

— Oh que oui. Filippo di Cosmo, qui est un homme à Gegè Gullotta.

— Et toi, qu'est-ce que tu lui as dit ?

— Que je ne l'avais pas trouvé.

— Il te crut ?

— Oui, j'ai l'impression que oui. Et il a dit que si par hasard je le trouvais, je devais le lui donner sans faire le con, parce que la chose était très délicate.

— Il t'a promis quelque chose ?

— Oh que oui. Tabassage à mort si je l'avais trouvé et que je me le gardais, 50 000 lires si au contraire je le trouvais et que je le lui remettais.

— Qu'est-ce que tu voulais faire du collier ?

— Je voulais le mettre en gage. On avait décidé ça, Tana et moi.

— Tu ne voulais pas le vendre ?

— Oh que non, il était pas à nous, nous avons pensé comme ça que c'était comme si on nous l'avait prêté, on voulait pas profiter.

— On est des gens honnêtes, nous, intervint la femme qui venait juste d'entrer en s'essuyant les yeux.

— Que vouliez-vous faire de l'argent ?

— Il devait nous servir pour soigner notre fils. On aurait pu le porter loin d'ici, à Rome, à Milan, dans un endroit, n'importe lequel, où les médecins, ils s'y entendent.

Un court moment, personne ne parla. Puis Montalbano demanda à la femme deux feuilles de papier et elle les lui détacha d'un cahier qui servait pour les comptes du ménage. Une des deux feuilles, le commissaire la tendit à Saro.

— Fais-moi un dessin, montre-moi l'endroit précis où tu as trouvé le collier. Tu es géomètre, non ?

Pendant que Saro s'exécutait, sur l'autre feuille, Montalbano écrivit :

*Je, soussigné Montalbano Salvo, commissaire auprès du bureau de Sécurité publique de Vigàta (province de Montelusa), déclare recevoir ce jour des mains de M. Montaperto Baldassare, dit Saro, un collier d'or massif, avec pendentif en forme de cœur, lui aussi d'or massif mais orné de diamants, découvert par lui au lieu-dit le « Bercail » au cours de son travail d'opérateur écologique. Sur ma foi,*

et il signa, mais prit un moment pour réfléchir avant de mettre la date au bas de la feuille. Puis il se décida, ajouta : « Vigàta, 9 septembre 1993. » Pendant ce temps, Saro avait terminé. Ils échangèrent leurs feuilles.

— Parfait, dit le commissaire en observant le dessin détaillé.

— Ici, au contraire, il y a une date erronée, observa Saro. Le 9, c'était lundi. Aujourd'hui, on est le 11.

— Il n'y a rien d'erroné. Toi, le collier, tu me l'as apporté au bureau le jour même où tu l'as trouvé. Tu l'avais en poche quand tu es venu au commissariat pour me dire que tu avais trouvé Luparello mort, mais tu me l'as donné après parce que tu ne voulais pas te faire voir de ton collègue. C'est clair ?

— Si vous, monsieur, vous le dites…

— Conserve-le bien, ce reçu.

— Qu'est-ce que vous faites, maintenant, vous me l'arrêtez ? intervint la femme.

— Pourquoi, qu'est-ce qu'il a fait ? rétorqua Montalbano en se levant.

## 7

A l'auberge San Calogero, on le respectait, non pas tant en qualité de commissaire que de bon client, de ceux qui savent apprécier. Ils lui firent manger des rougets de roche très frais, des frites croquantes et laissées un moment à égoutter sur le papier brun. Après le café et une longue promenade au môle du levant, il rentra au commissariat où, en le voyant, Fazio se leva derrière son bureau.

— *Dottore*, il y a quelqu'un qui vous attend.

— Qui ça ?

— Pino Catalano, vous vous en souvenez ? Un des deux ramasse-poubelles qui ont trouvé le corps de Luparello.

— Fais-le venir tout de suite dans mon bureau.

Il comprit immédiatement que le jeune homme était nerveux, tendu.

— Assois-toi.

Pino posa son derrière vraiment au bord du siège.

— Je peux savoir pourquoi vous êtes venu chez moi jouer la comédie que vous avez jouée ? Je n'ai rien à cacher, moi.

— Je l'ai fait pour ne pas effrayer ta mère, c'est aussi simple que ça. Si je lui disais que je suis commissaire, celle-là, elle était capable de me faire une attaque.

— Si c'est ça, merci.

— Comment as-tu fait pour comprendre que je te cherchais ?

— J'ai téléphoné à ma mère pour savoir comment elle se sentait, je l'avais laissée qu'elle avait un mal de tête, et elle m'a dit qu'un homme était venu pour me donner une enveloppe, mais qu'il l'avait oubliée. Il était sorti en disant qu'il allait la prendre, mais il ne s'était plus montré. Moi, ça m'a rendu curieux, et j'ai demandé à ma mère de me décrire la personne. Quand vous voulez vous faire passer pour quelqu'un d'autre, vous devriez cacher le grain de beauté que vous avez sous l'œil droit. Qu'est-ce que vous voulez de moi ?

— Une question. Quelqu'un est venu au Bercail pour te demander si tu avais par hasard trouvé un collier ?

— Oh que oui, un que vous connaissez, Filippo di Cosmo.

— Et toi ?

— Je lui ai dit que je l'avais pas trouvé, comme c'est la vérité, du reste.

— Et lui ?

— Et lui m'a dit que si je le trouvais, tant mieux, il m'offrait 50 000 lires ; si, au contraire, je l'avais trouvé et que je le lui donnais pas, tant pis. La même chose, exactement, que ce qu'il a dit à Saro. Mais Saro non plus l'a pas trouvé.

— Tu es passé chez toi avant de venir ici ?

— Oh que non, je suis venu directement.

— Tu écris pour le théâtre.

— Non, mais j'aime bien jouer de temps en temps.

— Et ça, alors, c'est quoi ?

Et il lui tendit la feuille qu'il avait trouvée dans sa chambre. Pino la regarda, nullement impressionné, et sourit.

— Non, ça c'est pas une scène de théâtre, c'est...

Il se tut, l'air égaré. Il s'était rendu compte que si ce n'était pas les répliques d'une comédie, il lui faudrait dire ce qu'elles étaient en réalité, et la chose n'était pas facile.

— Je vais t'aider, dit Montalbano. C'est la transcription d'un coup de fil que vous deux avez passé à l'avocat Rizzo dès que vous avez découvert le corps de Luparello, et avant même de venir me voir au commissariat pour signaler la découverte. C'est ça ?

— Eh oui.

— Qui a téléphoné ?

— Moi. Mais Saro était à côté de moi et écoutait.

— Pourquoi avez-vous fait ça ?

— Parce que l'ingénieur était une personne importante, une puissance. Et alors, on a pensé avertir l'avocat. Ou plutôt non, d'abord on voulait téléphoner au député Cusumano.

— Pourquoi ne l'avez-vous pas fait ?

— Parce que, Luparello mort, Cusumano est comme un type qui dans un tremblement de terre perd non seulement sa maison, mais aussi les sous qu'il gardait sous les tommettes.

— Explique-moi mieux pourquoi vous avez averti Rizzo.

— Parce que, si ça se trouve, on pouvait encore faire quelque chose.

— Quelle chose ?

Pino ne répondit pas, il suait, il se passait la langue sur les lèvres.

— Je vais encore t'aider. Si ça se trouve, on pouvait encore faire quelque chose, tu as dit. Quelque chose comme enlever la voiture du Bercail, faire trouver le mort ailleurs ? C'est ça que vous pensiez que Rizzo vous aurait demandé de faire ?

— Eh oui.

— Et vous auriez été prêts à le faire ?

— Evidemment ! On a téléphoné pour ça !

— Qu'est-ce que vous espériez en échange ?

— Que l'autre, peut-être, il nous change le boulot, il nous fasse gagner un concours de géomètres, il nous trouve une bonne place, il nous enlève de ce putain de métier de ramasse-poubelles. Commissaire, vous le savez mieux que moi, précisa-t-il en dialecte, si on trouve pas vent favorable, on navigue pas.

— Explique-moi la chose la plus importante : pourquoi tu as transcrit ce dialogue ? Tu voulais t'en servir pour le faire chanter ?

— Et comment ? Par les paroles ? Les paroles, ça s'envole.

— Alors, pour quoi faire ?

— Si vous voulez me croire tant mieux, sinon tant pis. Moi, ce coup de fil, je l'ai écrit parce que je voulais me l'étudier, ça me disait rien, pour en parler en homme de théâtre.

— Je ne comprends pas.

— Faisons comme si ce qui est écrit là devait être joué, d'accord ? Alors, moi, personnage Pino, je téléphone au petit matin au personnage Rizzo pour lui dire que j'ai trouvé morte la personne dont il est le secrétaire, l'ami dévoué, le compagnon en politique. Plus qu'un frère. Et le personnage Rizzo reste froid comme une cuisse de poulet, il ne s'excite pas, il ne demande pas où on l'a trouvé, comment il est mort, si on lui a tiré dessus, si c'était un accident de voiture. Rien de rien, il demande seulement pourquoi on vient la lui raconter à lui, la nouvelle. Ça paraît une chose qui sonne juste ?

— Non.

— Il ne s'étonne pas, voilà. Même, il tente de mettre une distance entre le mort et lui, comme s'il s'agissait d'une vague connaissance de passage. Et tout de suite, il nous dit d'aller faire notre devoir, c'est-à-dire d'avertir la police. Et il raccroche. Non, commissaire, c'est complètement faux comme pièce, le public, il se mettrait à rire, ça fonctionne pas.

Montalbano congédia Pino, en gardant la feuille. Quand le ramasse-poubelles fut parti, il se la relut.

Oh que oui, ça fonctionnait. Ça fonctionnait à merveille si dans l'hypothétique pièce qui, en plus, n'était pas si hypothétique, Rizzo, avant de recevoir l'appel, savait déjà où et comment Luparello était mort et avait prévu que le cadavre serait découvert au plus tôt.

*
**

Abasourdi, Jacomuzzi considéra Montalbano. Le commissaire se tenait devant lui tout endimanché, complet bleu sombre, chemise blanche, cravate bordeaux, chaussures noires luisantes.

— Jésus ! Tu vas te marier ?

— Vous avez fini avec la voiture de Luparello ? Qu'est-ce que vous avez trouvé ?

— Dedans, rien de particulier. Mais...

— ... elle avait les suspensions bousillées.

— Comment tu le sais ?

— C'est mon gros doigt bien dur qui me l'a dit.
Ecoute, Jacomuzzi.

Tirant le collier de sa poche, il le laissa tomber sur
la table. Jacomuzzi le ramassa, le scruta attentivement, eut un geste d'étonnement.

— Mais c'est un vrai ! Ça vaut des dizaines de
millions ! On l'avait volé ?

— Non, quelqu'un l'a trouvé par terre au Bercail
et me l'a remis.

— Au Bercail ? Et quelle est la radasse qui peut
s'offrir un bijou pareil ? Tu plaisantes ?

— Tu devrais l'examiner, le photographier, en
somme, faire dessus ton petit boulot. Donne-moi les
résultats dès que tu peux.

Le téléphone sonna, Jacomuzzi décrocha et puis
passa le combiné au collègue.

— C'est qui ?

— Ici Fazio, *dottore*, revenez tout de suite au village, ici, c'est la merde.

— Dis-moi.

— Contino, le maître d'école, il s'est mis à tirer
sur les personnes.

— Qu'est-ce que ça veut dire, tirer ?

— Tirer, tirer. Il a tiré deux coups de la terrasse de
chez lui sur les personnes qui étaient assises dans le

bar d'en dessous, en criant des choses qu'on a pas comprises. Un troisième, il lui a tiré dessus comme il allait rentrer dans la maison pour voir ce qui se passait.

— Il n'a tué personne ?

— Non. Une balle a effleuré le bras d'un certain De Francesco.

— C'est bon, j'arrive.

*
**

Tandis qu'il parcourait à tombeau ouvert les dix kilomètres qui le séparaient de Vigàta, Montalbano pensa au maître d'école Contino ; non seulement il le connaissait, mais entre eux, il y avait un secret. Six mois auparavant, le commissaire faisait la promenade que, deux ou trois fois par semaine, il avait l'habitude de se concéder, le long du môle du levant, jusqu'au phare. Mais avant, il passait à l'échoppe d'Anselmo Greco, un taudis qui détonnait sur le cours, entre les boutiques de vêtements et les bars aux miroirs luisants. Entre autres choses désuètes telles que marionnettes *pupi* de porcelaine ou poids de balance rouillés du siècle dernier, il vendait grains et graines, pois chiches grillés et graines de courge salées. Le commissaire s'en faisait remplir un cornet et continuait sa route.

Ce jour-là, il était arrivé à la pointe, juste sous le

phare, et s'apprêtait à rentrer, quand il vit au-dessous de lui, assis sur un bloc de ciment brise-lames, insouciant des embruns d'une mer forte qui le trempaient, un homme d'un certain âge qui se tenait immobile, tête basse. Montalbano observa avec plus d'attention, pour voir si par hasard cet homme tenait une canne entre ses mains, mais il ne pêchait pas, il ne faisait rien. Tout à coup, il se leva, fit un rapide signe de croix, se dressa sur la pointe des pieds.

— Arrêtez ! cria Montalbano.

L'homme resta pétrifié, il pensait être seul. En deux bonds, Montalbano le rejoignit, l'agrippa par le revers de la veste, le souleva, le porta en lieu sûr.

— Mais qu'est-ce que vous vouliez faire ? Vous tuer ?

— Oui.

— Mais pourquoi ?

— Parce que ma femme me met les cornes.

A tout, Montalbano pouvait s'attendre à tout, sauf à ça : l'homme avait sûrement plus de quatre-vingts ans.

— Votre femme, elle a quel âge ?

— Disons quatre-vingts. Moi, j'en ai quatre-vingt-deux.

Dialogue absurde dans une situation absurde, et le commissaire ne se sentit pas d'humeur à le continuer ; il prit l'homme sous le bras, le força à marcher vers le village. A ce point, comme pour rendre les choses encore plus folles, l'homme se présenta.

— Vous permettez ? Je suis Giosuè Contino, je faisais le maître d'école primaire. Et vous êtes qui ? Naturellement, si vous voulez me le dire.

— Je m'appelle Salvo Montalbano, je suis le commissaire de la Sécurité publique de Vigàta.

— Ah oui ? Vous tombez à pic : dites-le-lui, vous, à ma femme, cette grande pute, qu'elle ne doit pas me faire cocu avec Agatino De Francesco parce que autrement, moi, un jour ou l'autre, je fais un malheur.

— Qui est ce De Francesco ?

— Avant, il faisait le facteur. Il est plus jeune que moi, il a soixante-six ans et une pension qui fait une fois et demie la mienne.

— Vous êtes certain de ce que vous dites ou vous avez seulement des soupçons ?

— Rien que du sûr. Vérité d'Evangile. Chaque jour que Dieu envoie sur terre, après déjeuner, qu'il pleuve ou que le soleil brille, ce De Francesco vient se prendre un café au bar qui est juste au-dessous de chez moi.

— Eh beh ?

— Vous, vous mettez combien de temps à vous boire un café ?

Un instant, Montalbano se laissa prendre par la calme folie du vieux maître d'école.

— Ça dépend. Si je suis debout…

— Qu'est-ce que vous allez chercher, debout ? Assis !

— Beh, ça dépend si j'ai un rendez-vous et que je dois attendre ou si je veux seulement passer le temps.

— Non, très cher, ce type, il s'assied là seulement pour regarder ma femme qui le regarde, et ils ne perdent pas une occasion de le faire.

Entre-temps, ils étaient arrivés au village.

— Où habitez-vous, maître ?

— Au fond du cours, sur la place Dante.

— Prenons la rue de derrière, c'est mieux.

Montalbano ne voulait pas que le vieux trempé et tremblant de froid suscite la curiosité et les questions des Vigatais.

— Vous montez avec moi ? Vous prendrez bien un café ? avait lancé le maître en tirant de sa poche les clés de la maison.

— Non, merci. Changez-vous, maître, et séchez-vous.

Le soir même, il avait convoqué De Francesco, l'ex-facteur, un petit vieux minuscule, antipathique, qui, aux conseils du commissaire, avait rétorqué durement, d'une voix stridente :

— Moi, le café, je vais me le prendre où j'ai envie et quand j'en ai envie ! Qu'est-ce que c'est, c'est interdit d'aller au bar en dessous de cet artérioscléreux de Contino ? Vous me stupéfiez, vous qui devriez représenter la loi et en fait, vous venez me tenir ces discours !

*
* *

— Tout est fini, lui dit le vigile urbain qui tenait les curieux à l'écart de la porte de la place Dante. Devant l'entrée de l'appartement, il y avait le brigadier Fazio qui écarta les bras, l'air désolé. Les lieux étaient dans un ordre parfait, propres et briqués. Le maître d'école gisait sur un fauteuil, une petite tache de sang à la hauteur du cœur. Le revolver se trouvait à terre, à côté du fauteuil, un très vieux cinq coups Smith & Wesson qui devait pour le moins remonter au temp de Buffalo Bill et qui, malheureusement, fonctionnait encore. L'épouse, elle, était étendue sur le lit, avec elle aussi du sang à la hauteur du cœur, les mains jointes sur un rosaire. Elle avait dû prier, avant de consentir à ce que son mari la tue. Et encore une fois, Montalbano pensa au questeur qui, cette fois, avait raison : ici, la mort avait trouvé sa dignité.

Nerveux, hargneux, il donna ses instructions au brigadier et le laissa attendre le juge. Il éprouvait, outre une mélancolie inattendue, un vague remords : et s'il était intervenu avec plus de sagesse auprès du maître d'école ? S'il avait averti à temps les amis de Contino, son médecin ?

*
* *

Il se promena longuement le long du quai et sur son môle du levant puis, se sentant un peu rasséréné, il rentra au bureau. Il y trouva Fazio qui était dans tous ses états.

— Qu'est-ce qu'il y a ? Le juge n'est pas encore arrivé ?

— Non, il est venu, ils ont déjà emporté les corps.

— Et alors, qu'est-ce qui te prend ?

— Il me prend que pendant que la moitié des gens du pays regardaient Contino qui tirait, des salopards en ont profité pour nettoyer deux appartements, bien bien à fond. J'y ai déjà envoyé quatre des nôtres. Je vous attendais pour y aller moi aussi.

— C'est bon, vas-y. Je garde la maison.

Il décida qu'il était temps de faire monter les enchères, le piège qu'il avait en tête devait absolument fonctionner.

— Jacomuzzi ?

— Putain ! Qu'est-ce que t'es pressé ! Ils ne m'ont encore rien dit de ton collier. C'est trop tôt.

— Je le sais très bien que pour le moment, tu peux encore rien me dire, je m'en rends très bien compte.

— Et alors, que veux-tu ?

— Te recommander le maximum de discrétion. L'histoire du collier n'est pas aussi simple qu'elle le paraît, elle peut entraîner des développements imprévisibles.

— Mais tu m'offenses ! Si tu me dis que je ne dois pas parler d'une chose, je n'en parlerai pas, même si Dieu tombe !

*
**

— Ingénieur Luparello ? Je suis vraiment navré de ne pas être venu aujourd'hui. Mais croyez-moi, je me suis trouvé absolument empêché. Je vous prie de présenter mes excuses à votre mère.

— Attendez un instant, commissaire.

Montalbano patienta.

— Commissaire ? Maman dit que si ça vous va, c'est entendu pour demain à la même heure.

Ça lui allait.

## 8

Il rentra chez lui fatigué, avec l'intention de se mettre tout de suite au lit, mais presque mécaniquement, c'était une espèce de tic, il alluma la télévision. Après avoir traité l'événement du jour, un échange de coups de feu entre petits mafieux survenu quelques heures plus tôt dans les faubourgs de Miletta, le journaliste de *Televigàta* annonça qu'à Montelusa, s'était réuni le secrétariat provincial du parti auquel appartenait (ou plutôt avait appartenu) l'ingénieur Luparello. Réunion extraordinaire qui, en des temps moins agités, aurait dû être convoquée, par respect pour la mémoire du défunt, au moins trente jours après sa disparition, mais au jour d'aujourd'hui, les turbulences de la situation politique imposaient des choix lucides et rapides.

Ainsi donc : au siège de secrétaire provincial avait été élu, à l'unanimité, le docteur Angelo Cardamone, chef du service d'ostéologie de l'hôpital de

Montelusa, qui avait toujours combattu Luparello à l'intérieur du parti, mais loyalement, courageusement, à visage découvert. Cet affrontement d'idées, poursuivait le chroniqueur, pouvait être simplifié en ces termes : l'ingénieur était partisan du maintien du quadripartisme avec cependant introduction des forces vierges et non souillées par la politique (comprenez : non encore mises en examen), tandis que le professeur penchait pour le dialogue avec la gauche, avec toutefois beaucoup de prudence et de garanties. Le nouvel élu avait reçu, même de l'opposition, des télégrammes et des coups de fil lui souhaitant bonne chance. Interviewé, Cardamone apparaissait ému mais décidé, il déclara qu'il ferait tout son possible pour ne pas démériter du souvenir sacré de son prédécesseur, et conclut en affirmant qu'au parti rénové, il donnait son « travail laborieux » et sa « science ».

« Tant mieux s'il la donne au parti », ne put se retenir de commenter Montalbano, étant donné que la science de Cardamone, chirurgicalement parlant, avait produit dans la province plus d'estropiés que n'en laisse, d'ordinaire, un violent tremblement de terre.

Les propos que le journaliste ajouta juste après firent tendre l'oreille au commissaire. Pour faire en sorte que le docteur Cardamone puisse suivre linéairement sa propre voie sans renier les principes et les hommes qui représentaient le meilleur de l'activité politique de l'ingénieur, les membres du secrétariat avaient prié maître Pietro Rizzo, héritier spirituel de Luparello, d'assister le nouveau secrétaire. Après quelques compréhensibles résistances devant la lourdeur des devoirs qu'entraînait la charge inattendue, Rizzo s'était laissé convaincre d'accepter. Dans l'interview que *Televigàta* lui consacrait, l'avocat déclarait, ému lui aussi, prendre sur ses épaules ce lourd fardeau pour rester fidèle à la mémoire de son maître et ami, dont le mot d'ordre avait toujours été, seul et unique : servir.

Montalbano eut un mouvement de surprise : mais comment était-ce possible, le nouvel élu avalait la pilule de la présence officielle de cet homme qui avait été le plus fidèle collaborateur de son principal adversaire ? La surprise ne dura guère car le commissaire, en raisonnant un peu, définit cette surprise même comme ingénue : depuis toujours le parti s'était distingué par sa vocation innée pour le compromis, pour le juste milieu. Il était possible que Cardamone n'eût pas encore assez de stature pour s'en tirer seul et qu'il éprouvât donc le besoin d'un appui.

Il changea de chaîne. Sur *Retelibera*, la voix de l'opposition de gauche, il y avait Nicolò Zito, l'éditorialiste le plus influent, qui expliquait également comment, *zara zabara* pour le dire en dialecte ou

*mutatis mutandis* pour l'exprimer en latin, dans l'île,
et dans la province de Montelusa en particulier, rien
ne s'accélérait jamais, même si le baromètre annonçait la tempête. Il cita, et le coup fut facile, la phrase
de Salina : « Tout changer pour ne rien changer » et
conclut que Luparello et Cardamone, c'était bonnet
blanc et blanc bonnet, le bonnetier s'appelant maître
Rizzo.

Montalbano courut au téléphone, fit le numéro de
*Retelibera*, demanda Zito : entre le journaliste et lui
existait une certaine sympathie, presque une amitié.

— Qu'est-ce que tu veux, commissaire ?

— Te voir.

— Cher ami, demain matin, je pars pour Palerme,
je serai absent au moins une semaine. Ça te va, si je
viens te trouver d'ici une demi-heure ? Prépare-moi
quelque chose à manger, j'ai faim.

Des pâtes à l'huile et à l'ail, c'était faisable sans
problème. Il ouvrit le réfrigérateur, Adelina lui avait
préparé un plat de crevettes bouillies, abondant, il y
en avait pour quatre. Adelina était la mère de deux
repris de justice, dont l'un, le cadet, avait été arrêté
par Montalbano lui-même, trois ans auparavant, et
se trouvait toujours en prison.

*
**

En juillet dernier, quand elle était venue à Vigatà passer deux semaines avec lui, Livia, en entendant cette histoire, avait été terrorisée.

— Mais tu es fou ? Cette femme, un jour ou l'autre, elle décide de se venger et elle t'empoisonne le potage !

— Mais de quoi devrait-elle se venger ?

— Tu lui as arrêté son fils !

— Et alors, c'est ma faute, peut-être ? Adelina le sait très bien que ce n'est pas ma faute, mais celle de son fils, s'il a été assez con pour se faire prendre. Moi, j'ai agi loyalement pour l'arrêter, je n'ai utilisé ni pièges ni trucages. Tout à la régulière.

— Je m'en fous, de votre manière tordue de raisonner. Tu dois la renvoyer.

— Mais si je la renvoie, qui est-ce qui me tient la maison, qui me fait la lessive, le repassage, me prépare à manger ?

— Tu en trouveras bien une autre.

— Et là, tu te trompes : aussi bien qu'Adelina, il n'y en a pas.

*
**

Il allait mettre l'eau sur le feu quand sonna le téléphone.

— Je voudrais disparaître sous terre pour avoir été ainsi contraint de vous réveiller à cette heure.

— Je ne dormais pas. Qui est à l'appareil ?

— Pietro Rizzo, je suis. L'avocat.

— Ah, maître. Mes félicitations.

— Et pourquoi ? Si c'est pour l'honneur que mon parti m'a fait, il n'y a guère, vous devriez plutôt me présenter vos condoléances ; j'ai accepté, croyez-moi, seulement en raison de la fidélité qui me liera toujours aux idéaux du pauvre ingénieur. Mais j'en viens au motif de mon appel : j'ai besoin de vous voir, commissaire.

— Maintenant ? !

— Certes pas maintenant, mais je crois à l'improcrastinabilité de l'affaire.

— Nous pourrions nous voir demain matin, mais demain matin, il n'y a pas les funérailles ? Vous devez être extrêmement occupé, je suppose.

— Vous ne croyez pas si bien dire ! Surtout l'après-midi. Vous comprenez, quelques hôtes de haut rang, à l'évidence, il y en aura.

— Alors, quand ?

— Ecoutez, à bien y réfléchir, nous pourrions faire cela demain matin, mais tôt. Vous, à quelle heure vous rendez-vous d'ordinaire au bureau ?

— Vers les huit heures.

— A huit heures, pour moi, ça irait très bien. De toute façon, c'est une question de quelques minutes.

— Ecoutez, maître, puisque justement vous, demain matin, vous aurez peu de temps à votre disposition, vous pourriez me dire déjà de quoi il s'agit ?

— Par téléphone ?

— Une indication.

— Bien. Il m'est revenu, je ne sais à quel point la rumeur correspond à la vérité, qu'il vous aurait été remis un objet trouvé par hasard par terre. Et je suis chargé de le récupérer.

Montalbano couvrit le combiné d'une main et explosa littéralement dans un hennissement chevalin, un puissant ricanement. Il avait mis l'appât du collier à l'hameçon Jacomuzzi et le piège avait fonctionné à merveille, ferrant un poisson dont la taille dépassait ses espérances. Mais comment s'y prenait-il, Jacomuzzi, pour faire savoir à tout le monde ce que tout le monde ne devait pas savoir ? Il avait recours au rayon laser, à la télépathie, aux pratiques chamaniques ? Il entendit l'avocat crier :

— Allô ? Allô ? Je ne vous entends plus ! Qu'est-ce qui se passe ? La ligne est coupée ?

— Non, excusez-moi, mon crayon est tombé par terre et je le ramassais. A demain, huit heures.

*
**

Dès qu'il entendit la sonnette de la porte, il jeta les pâtes dans l'eau et alla ouvrir.

— Qu'est-ce que tu m'as préparé ? lança Zito en entrant.

— Pâtes à l'huile et à l'ail, crevettes à l'huile et au citron.

— Parfait.

— Viens à la cuisine, donne-moi un coup de main. Et en attendant, je te pose la première question : est-ce que tu sais dire improcrastinabilité ?

— Mais tu deviens gâteux ? Tu me fais faire la route à tombeau ouvert de Montelusa à Vigàta pour me demander si je sais prononcer un mot ? De toute façon, où est le problème ? C'est fastoche.

Il essaya, trois ou quatre fois, s'obstinant toujours plus mais il n'y parvint pas ; à chaque fois, il s'emberlificotait davantage.

— Il faut être habile, très habile, dit le commissaire en pensant à Rizzo, et il ne se référait pas seulement à l'habileté désinvolte de l'avocat dans les exercices d'élocution.

Ils mangèrent en parlant de manger, comme il advient toujours. Après avoir évoqué le souvenir de crevettes de rêve qu'il avait goûtées dix ans auparavant chez Fiacca, Zito critiqua le degré de cuisson et désapprouva la totale absence d'un soupçon de persil.

— Comment se fait-il qu'à *Retelibera*, vous êtes tous devenus anglais ? attaqua sans préavis Montalbano, alors qu'ils étaient en train de boire un blanc que c'était un élixir, déniché par son père du côté de Randazzo.

Une semaine auparavant, il lui en avait apporté six bouteilles, juste une excuse pour rester un peu ensemble.

— Dans quel sens, anglais ?

— Dans le sens que vous vous êtes gardés de couvrir Luparello de merde comme, en d'autres occasions, vous l'auriez sûrement fait. Tu comprends, l'ingénieur meurt d'infarctus dans une espèce de bordel à ciel ouvert, au milieu des putes, des macs, des pédales, il a le pantalon baissé, il est franchement obscène et vous, au lieu de saisir au vol l'occasion, vous vous alignez et vous étendez un voile pudique sur la manière dont il est mort.

— Ce n'est pas dans nos habitudes de profiter comme ça, dit Zito.

Montalbano éclata de rire.

— Fais-moi un plaisir, hein, Nicolò ? Va *cagner*, va, toi et toute ta *Retelibera*.

Zito rit à son tour.

— C'est bon, voilà comment les choses se sont passées. A quelques heures de la découverte du

cadavre, maître Rizzo s'est précipité chez le baron
Filò de Baucina, le baron rouge, milliardaire mais
communiste, et il l'a prié, il lui a demandé les mains
jointes que *Retelibera* ne parle pas des circonstances
de la mort. Il a fait appel au sens de la chevalerie
qu'il paraît que possédaient, dans l'Antiquité, les
ancêtres du baron. Comme tu sais, le baron a en
main quatre-vingts pour cent des parts de notre station. Et voilà.

— Et voilà mon cul. Et toi, Nicolò Zito, qui t'es
gagné l'estime de tes adversaires parce que tu dis
toujours ce que tu dois dire, tu réponds « A vos
ordres » au baron et tu te couches.

— De quelle couleur ils sont, mes cheveux ?
rétorqua Zito.

— Roux. Rouges.

— Montalbano, moi, je suis rouge dedans et
dehors, j'appartiens à l'espèce en voie d'extinction
des communistes méchants et revanchards. J'ai
accepté, convaincu que ceux qui demandaient de
passer sur les circonstances de la mort pour ne pas
souiller la mémoire du malheureux lui voulaient du
mal et non du bien comme ils tentaient de le faire
croire.

— Je n'ai pas compris.

— Et moi je t'explique, innocent. Si tu veux faire
oublier vite fait un scandale, tu dois en parler sans
arrêt, à la télévision, sur les journaux. Tu en mets et

remets des couches, tu en fais des tonnes ; au bout
d'un moment, les gens commencent à en avoir plein
le dos : Mais qu'est-ce qu'ils nous gavent avec cette
histoire ! Mais ils n'ont pas bientôt fini ? En quinze
jours, l'effet de saturation est tel que personne ne
veut plus entendre parler du scandale. Compris ?

— Je crois que oui.

— Si, au contraire, tu fais un grand silence, le
silence commence à parler, à se multiplier, les
rumeurs incontrôlées se multiplient, elles n'en finis-
sent plus de grossir. Tu veux un exemple ? Tu sais
combien de coups de fil nous avons reçus à la rédaction, justement à cause de notre silence ? Des cen-
taines. Alors, c'est vrai que l'ingénieur, des filles il
s'en faisait deux à la fois, dans la voiture ? Alors,
c'est vrai que l'ingénieur, il aimait faire le sandwich,
et pendant qu'il baisait une putain, un nègre le beso-
gnait par-derrière ? Et la dernière, de ce soir : Alors,
c'est vrai que Luparello, il offrait des bijoux fabuleux
à ses radasses ? Il paraît qu'on en a trouvé un au
Bercail. A propos, tu ne sais rien de cette histoire ?

— Moi ? C'est sûrement du pipeau, mentit tranquillement le commissaire.

— Tu vois ? Je suis sûr que d'ici quelques mois, il
y aura un connard qui viendra me demander si c'est
vrai que l'ingénieur s'enculait des mouflets de
quatre ans pour se les manger ensuite farcis de châ-
taignes. Il sera couvert de merde pour l'éternité, ça

deviendra une légende. Et maintenant, j'espère que tu as compris pourquoi j'ai répondu oui à qui demandait l'enterrement de l'affaire.

— Et la position de Cardamone, c'est quoi ?

— Bof. Son élection a été très étrange. Tu vois, au secrétariat provincial, c'étaient tous des hommes de Luparello, à part deux de Cardamone gardés pour la galerie, pour montrer comme ils sont démocrates. Personne ne doutait que le nouveau secrétaire pouvait et devait être un partisan de l'ingénieur. Et en fait, coup de théâtre : Rizzo se lève et propose Cardamone. Les autres du clan en sont comme deux ronds de flan, mais ils n'osent pas s'y opposer ; si Rizzo parle ainsi, cela veut dire qu'il y a quelque chose là-dessous qui peut se passer, il convient de suivre l'avocat dans cette voie. Et ils votent en sa faveur. On appelle Cardamone qui, après avoir accepté la charge, propose lui-même d'être assisté de Rizzo, au grand dam de ses deux représentants au secrétariat. Mais Cardamone, moi, je le comprends : mieux vaut l'embarquer avec moi — il aura pensé — que le laisser dans la nature comme une mine flottante.

Puis Zito commença à lui raconter le roman qu'il avait en tête et ils tinrent jusqu'à quatre heures.

*
**

Pendant qu'il contrôlait l'état de santé d'une plante grasse que lui avait offerte Silvia et qu'il gardait au bureau sur le rebord de la fenêtre, Montalbano vit arriver une voiture bleu ministériel équipée d'un téléphone, d'un chauffeur et d'un garde du corps, lequel descendit le premier pour ouvrir la portière à un homme de petite taille, chauve, portant un costume de la même couleur que l'auto.

— Il y a un type là, qui doit me parler, fais-le passer tout de suite, dit-il au planton.

Quand Rizzo entra, le commissaire remarqua que le haut de la manche gauche était couvert par un brassard noir large comme la paume : l'avocat s'était déjà mis en tenue de deuil pour le rite funèbre.

— Que dois-je faire pour être pardonné ?

— De quoi ?

— De vous avoir dérangé chez vous en pleine nuit.

— Mais la question, vous m'avez dit, était improcra...

— Improcrastinable, en effet.

Qu'est-ce qu'il était fort, maître Pietro Rizzo !

— J'en viens au fait. Un jeune couple de personnes par ailleurs très respectables, tard dans la soirée de dimanche dernier, ayant un peu bu, se laisse aller à une folie inconsidérée. L'épouse convainc le mari de la conduire au Bercail, elle est curieuse du lieu et de ce qui se passe en ce lieu. Curiosité condamnable, d'accord, mais rien de plus. Le couple arrive aux confins du Bercail, la femme descend. Mais presque aussitôt, gênée par les offres vulgaires qui lui sont faites, elle remonte en voiture, ils s'en vont. Arrivée chez eux, elle s'aperçoit qu'elle a perdu un objet précieux qu'elle portait au cou.

— Quelle étrange coïncidence, dit comme pour lui-même Montalbano.

— Pardon ?

— Je réfléchissais sur le fait que presque à la même heure et au même endroit mourait l'ingénieur Luparello.

Maître Rizzo ne se décontenança pas, il prit un air grave.

— Je l'ai remarqué moi aussi, savez-vous ? Ce sont les mauvais tours du destin.

— L'objet dont vous me parlez est un collier d'or massif avec un cœur couvert de pierres précieuses ?

— C'est cela. Maintenant, je viens vous demander de le restituer aux légitimes propriétaires, en recourant à la même discrétion dont vous fîtes preuve pour la découverte de mon pauvre ingénieur.

— Veuillez m'excuser, dit le commissaire, mais moi, je n'ai pas la moindre idée sur la manière dont il faut procéder dans un cas semblable. En tous les cas, je pense que tout aurait été différent si la propriétaire s'était présentée.

— Mais j'ai une procuration régulière !

— Ah oui ? Montrez-moi ça.

— Aucun problème, commissaire. Vous comprendrez : avant de crier sur les toits les noms de mes clients, je voulais m'assurer qu'il s'agissait bien de l'objet qu'ils cherchaient.

Il mit la main à la poche, en tira une feuille qu'il tendit à Montalbano. Le commissaire la lut attentivement.

— Qui est ce Giacomo Cardamone qui signe la procuration ?

— C'est le fils du professeur Cardamone, notre nouveau secrétaire provincial.

Montalbano décida que le moment était venu de rejouer son sketch.

— Mais c'est vraiment étrange ! commenta-t-il à très basse voix en prenant un air de méditation profonde.

— Pardon, que dites-vous ?

Montalbano ne lui répondit pas tout de suite, il laissa l'autre cuire un peu dans son jus.

— Je pensais que le destin, comme vous dites, sur cette histoire, nous joue vraiment trop de tours.

— En quel sens, si vous permettez ?

— Dans le sens que le fils du nouveau secrétaire politique se trouve au même endroit à la même heure où meurt le vieux secrétaire. Ça ne vous paraît pas curieux ?

— Maintenant que vous me le faites remarquer, oui. Mais j'exclus, de la manière la plus absolue, qu'entre les deux affaires, il y ait le moindre rapport.

— Je l'exclus moi aussi, dit Montalbano et il poursuivit : Je n'arrive pas à lire la signature à côté de celle de Giacomo Cardamone.

— C'est celle de sa femme, une Suédoise. Une femme franchement un peu fantasque, qui ne sait pas s'adapter à nos coutumes.

— Selon vous, combien peut valoir ce bijou ?

— Je n'y connais rien, les propriétaires ont parlé d'environ 80 millions.

— Alors, faisons comme ça. Tout à l'heure, je téléphone à mon collègue Jacomuzzi, en ce moment c'est lui qui l'a, et je me le fais renvoyer. Demain matin, je vous le fais apporter à votre cabinet par un de mes agents.

— Je ne sais vraiment comment vous remercier…

Montalbano l'interrompit.

— Vous, à mon agent, vous remettrez un reçu en bonne et due forme.

— Mais certainement !

— Et un chèque de 10 millions, je me permets d'arrondir la valeur du collier, soit le pourcentage dû à la personne qui retrouve des objets précieux ou de l'argent.

Rizzo encaissa le coup quasiment avec élégance.

— J'estime cela fort juste. A quel nom dois-je le mettre ?

— A Montaperto Baldassare, un des deux balayeurs qui ont trouvé le corps de l'ingénieur.

Soigneusement, l'avocat nota le nom.

## 9

Rizzo n'avait pas fini de fermer la porte que déjà Montalbano composait le numéro de chez Nicolò Zito. Ce que venait de lui dire l'avocat avait déclenché en lui un mécanisme mental qui se concrétisait, extérieurement, par une envie frénétique d'action. Ce fut la femme de Zito qui lui répondit.

— Mon mari vient de sortir, il part pour Palerme. (Et puis, soudain soupçonneuse :) Mais cette nuit, il n'était pas avec vous ?

— Mais oui, madame, seulement, c'est juste ce matin qu'un fait important m'est venu à l'esprit.

— Attendez, peut-être que j'arrive à le rattraper, je l'appelle sur l'interphone.

Au bout d'un petit moment, il entendit d'abord le souffle puis la voix de son ami.

— Mais qu'est-ce que tu veux ? Cette nuit, ça t'a pas suffi ?

— J'ai besoin d'une information.

— S'il n'y en a pas pour longtemps.

— Je veux tout savoir, vraiment tout, même les choses les plus tordues, sur Giacomo Cardamone et sa femme, qui, paraît-il, est suédoise.

— Comment, paraît-il ? Une grande perche d'un mètre quatre-vingts, blonde, avec de ces jambes et de ces nichons ! Si tu veux vraiment tout savoir, il faut du temps, et je n'en ai pas. Ecoute, faisons comme ça : je pars, pendant le voyage j'y réfléchis et à peine arrivé, je t'envoie un fax.

— Où tu me l'envoies ? Au commissariat ? Mais ici, on en est encore au tam-tam, aux signaux de fumée.

— Ça veut dire que le fax, je l'envoie à ma rédaction de Montelusa. Passe ce matin, à l'heure du déjeuner.

\*
\*\*

D'une manière ou d'une autre, il lui fallait bouger et il sortit donc de son bureau pour aller dans la salle du brigadier.

— Comment va Tortorella ?

Fazio lança un coup d'œil vers le bureau vide de son collègue.

— Hier, je suis été le trouver. Paraît qu'ils ont décidé que lundi ils le font sortir de l'hôpital.

— Est-ce que tu sais, toi, comment on fait pour entrer dans la vieille usine ?

— Quand ils ont construit le mur d'enceinte, après la fermeture, ils ont mis une porte toute riqui-qui, qu'il faut se baisser pour passer, une porte en fer.

— Qui est-ce qui l'a, la clé ?

— Je sais pas, je peux me renseigner.

— Non seulement tu te renseignes, mais tu me la procures dans la matinée.

Revenu dans son bureau, il appela Jacomuzzi. Lequel, après l'avoir fait attendre, se décida enfin à lui répondre.

— Qu'est-ce que t'as, la dysenterie ?

— Allez, Montalbano, qu'est-ce que tu veux ?

— Qu'est-ce que tu as trouvé sur le collier ?

— Qu'est-ce que tu voulais que je trouve ? Rien. Ou plutôt, des empreintes digitales, oui, mais si nombreuses et si mélangées qu'elles sont indéchif-frables. Qu'est-ce que je dois en faire ?

— Tu me le renvoies dans la journée. Dans la journée, tu as compris ?

De la pièce à côté lui arriva la voix altérée de Fazio :

— Mais enfin, personne ne sait à qui appartenait cette Sicilchim ? Il doit bien y avoir un administra-teur judiciaire, un gardien !

Et, dès qu'il vit entrer Montalbano :

— Ça serait plus facile d'avoir les clés de saint Pierre, on dirait.

Le commissaire lui annonça qu'il sortait et serait rentré d'ici deux heures maximum. A son retour, il voulait avoir les clés sur son bureau.

*
* *

En le voyant sur le seuil, la femme de Montaperto pâlit et se porta une main au cœur.

— Oh mon Dieu ! Qu'est-ce qui fut ? Qu'est-ce qui se passa ?

— Rien de préoccupant pour vous. Au contraire, je vous apporte une bonne nouvelle. Votre mari est à la maison ?

— Oh que oui, aujourd'hui, il débaucha tôt.

La femme le fit asseoir à la cuisine et alla appeler Saro qui s'était couché dans la chambre à côté du petit et tentait de lui faire fermer les yeux au moins un petit moment.

— Asseyez-vous, dit le commissaire et écoutez-moi attentivement. Où aviez-vous pensé emmener votre fils avec les sous obtenus sur la mise en gage du collier ?

— En Belgique, répondit promptement Saro, que là, il y a mon frère et il a dit qu'il est prêt à nous prendre chez lui pour quelque temps.

— L'argent pour le voyage, vous l'avez ?

— En nous serrant beaucoup la ceinture, on a pu mettre quelque chose de côté, dit la femme sans dissimuler une pointe d'orgueil.

— Mais ça suffit juste pour le voyage, précisa Saro.

— Alors, toi, aujourd'hui même, tu vas à la gare et tu te fais faire le billet. Ou plutôt, tu prends l'autobus et tu vas à Raccadali, là, il y a une agence ?

— Oh que oui. Mais pourquoi aller jusqu'à Raccadali ?

— Je ne veux pas qu'à Vigàta, ils sachent ce que vous avez en tête. Entre-temps, madame prépare vos affaires. Ne dites à personne, pas même à quelqu'un de la famille, où vous allez. Je suis clair ?

— Très clair, là-dessus. Mais faites excuse, commissaire, qu'est-ce qu'il y a de mal à aller en Belgique faire soigner notre fils ? Vous me dites de faire les choses en cachette, comme s'il s'agissait d'agir contre la *Liggi*.

— Saro, tu ne fais rien contre la *Liggi*, c'est clair. Mais je veux être sûr de beaucoup de choses, alors tu dois avoir confiance et faire seulement ce que je te dis.

— Très bien, peut-être que vous l'avez oublié, monsieur, qu'est-ce qu'on va y faire en Belgique, nous, si les sous qu'on a, ils suffisent juste à revenir ? Une balade ?

— L'argent nécessaire, vous l'aurez. Demain

matin, un de mes agents vous apportera un chèque de 10 millions de lires.

— Dix millions ? Pourquoi ? lança Saro, le souffle coupé.

— Ils te reviennent de droit, c'est le pourcentage pour le collier que tu as trouvé et que tu m'as remis. Cet argent, vous pouvez le dépenser à ciel ouvert, sans problèmes. Dès que tu as le chèque, file retirer l'argent et partez.

— De qui est le chèque ?

— De maître Rizzo.

— Ah, fit Saro, blêmissant.

— Tu ne dois pas avoir la frousse, l'affaire est régulière et sous mon contrôle. Mais il vaut mieux prendre toutes les précautions, je ne voudrais pas que Rizzo soit un de ces salopards qui ont l'esprit d'escalier. 10 millions, c'est quand même pas rien.

*
* *

Giallombardo lui fit savoir que le brigadier était allé prendre la clé de la vieille usine mais qu'il faudrait au moins deux heures avant qu'il revienne : le gardien, qui avait des ennuis de santé, était chez un fils à Montedoro. L'agent l'informa aussi que le juge Lo Bianco avait téléphoné, qu'il le cherchait et qu'il voulait être rappelé avant dix heures.

— Ah commissaire, heureusement, j'étais en train

de sortir, je vais à la cathédrale pour les funérailles. Je sais que je vais être assailli, littéralement assailli, par les éminents personnages qui me poseront tous la même question. Vous savez laquelle ?

— Pourquoi le dossier Luparello n'est-il pas encore clos ?

— Vous avez deviné, commissaire, et il n'y a pas de quoi plaisanter. Je ne voudrais pas recourir à des grands mots, je ne voudrais pas le moins du monde être mal compris... mais enfin, si vous avez quelque chose de concret en main, continuez, sinon, vous refermez le dossier. Du reste, si vous permettez, moi, je n'arrive pas à comprendre : qu'est-ce que vous voulez découvrir ? L'ingénieur est mort de mort naturelle. Et vous, vous vous entêtez, j'ai cru comprendre, seulement parce que l'ingénieur est allé mourir au Bercail. Dites-moi, par curiosité, si Luparello avait été trouvé au bord d'une route, vous n'y auriez rien trouvé à redire ? Répondez.

— Non.

— Et alors, où voulez-vous en venir ? L'affaire doit être close d'ici demain. Vous avez compris ?

— Ne vous énervez pas, monsieur le juge.

— Mais si, que je m'énerve, contre moi-même. Vous me faites utiliser un mot, affaire, qu'il ne faut pas utiliser, il n'a rien à voir en l'affaire. D'ici demain, compris ?

— Est-ce qu'on peut dire jusqu'à samedi inclus ?

— Mais où on est, là, au marché aux puces ? Bon, d'accord. Mais si vous tardez ne serait-ce que d'une heure, j'exposerai votre situation personnelle à vos supérieurs.

*
* *

Zito tint parole, le secrétariat de rédaction de *Retelibera* remit à Montalbano le fax de Palerme qu'il lut tandis qu'il se dirigeait vers le Bercail.

*Le petit M. Giacomo est l'exemple classique de fils à papa, très très conforme au modèle, sans une ombre de fantaisie. Le père est notoirement un homme honnête, à l'exception d'une faute que j'exposerai par la suite, l'opposé du regretté Luparello. Le petit Giacomo habite avec sa deuxième femme, Ingrid Sjostrom, dont je t'ai déjà illustré les qualités de vive voix, au premier étage de l'immeuble paternel. Je te fais la liste de ses titres de gloire, du moins pour ce que je me rappelle. Ignorant comme une coucourde, il n'a jamais voulu ni étudier ni s'appliquer à autre chose que l'analyse précoce de la moule, et pourtant il a toujours réussi haut la main par la grâce du Père éternel (du père tout court). N'a jamais fréquenté l'université, bien qu'inscrit en médecine (et tant mieux pour la santé publique).*

*A seize ans, conduisant sans permis la puissante voiture du père, il renverse et tue un gamin de huit ans. Pratiquement, le petit Giacomo ne paie pas pour ça, c'est* son père en fait qui paie, et très richement, la famille de l'enfant. A l'âge adulte, il forme une société qui s'occupe de services. La société fait faillite au bout de deux ans, Cardamone n'y perd pas une lire, son associé sans crier gare se tire une balle dans la tête et un officier de la garde des Finances qui voulait y voir plus clair se trouve soudain transféré à Bolzano. Actuellement, il s'occupe de produits pharmaceutiques (tu imagines ! le père fait les repérages !) et flanque l'argent par les fenêtres dans des proportions largement supérieures à ses revenus probables.

Passionné de voitures de course et de chevaux, a fondé (à Montelusa !) un polo-club où il ne s'est jamais vu une partie de ce noble sport, mais où, en compensation, on sniffe que c'est une merveille.

Si je devais exprimer mon jugement sincère sur le personnage, je dirais qu'il s'agit d'un splendide exemplaire de couillon, de ceux qui poussent là où il y a un père puissant et riche. A l'âge de vingt-deux ans, il contracte une union (c'est comme ça qu'on dit, non ?) avec Albamarina (Baba pour les amis) Collatino, haute bourgeoisie commerçante de Palerme. Deux ans plus tard, Baba présente une demande d'annulation du lien marital à la Sacrée Rote, en la motivant par l'impotentia generandi manifeste du conjoint. J'oubliais : à dix-huit ans, soit quatre ans avant le mariage, le petit Giacomo avait mis enceinte la fille d'une des bonnes et le honteux incident avait été comme d'habitude étouffé par l'Omnipotent. Donc, il n'y avait que deux solutions : soit Baba mentait, soit la fille de *la bonne avait menti. De l'avis infaillible des hauts prélats romains, c'est la bonne qui avait menti (tu l'aurais parié ?), Giacomo n'était pas en mesure de procréer (et de cela, il aurait fallu remercier le Très-Haut). L'annulation obtenue, Baba se fiance avec un cousin avec lequel elle avait déjà eu une relation, tandis que Giacomo se dirige vers les brumeux pays du Nord pour oublier.*

*En Suède, il assiste par hasard à une espèce de rallye auto massacrant, un parcours entre lacs, pentes à pic et montagnes : le vainqueur est une super plante, mécanicienne de profession qui s'appelle donc Ingrid Sjostrom. Que te dire, mon cher, pour éviter le roman-photo ? Coup de foudre et mariage. Cela fait maintenant cinq ans qu'ils vivent ensemble, de temps en temps Ingrid retourne dans sa patrie se faire ses petites courses automobiles. Elle cocufie son mari avec une simplicité et une désinvolture suédoises. L'autre jour, au polo-club, cinq gentilshommes (façon de parler) s'adonnaient à un jeu de société. Parmi d'autres, fut posée la question : Qui ne s'est pas fait Ingrid se lève. Tous les cinq restèrent assis. On rit beaucoup, surtout Giacomo qui était présent, mais ne participait pas au jeu. Le bruit court, bruit totalement incontrôlé, que l'austère professeur Cardamone, lui aussi, aurait trempé le biscuit avec sa belle-fille. Et voilà l'éventuelle faute à laquelle j'ai fait allusion au début. Rien d'autre ne me vient à l'esprit. J'espère avoir été ragoteur comme tu le désirais. Vale.*

*Nicolò*

*
* *

Le commissaire arriva au Bercail vers deux
heures, on ne voyait pas âme qui vive. La serrure de
la petite porte de fer était couverte d'une couche de
sel et de rouille. Il l'avait prévu, il avait apporté
exprès la bombe à huile qui lui servait à lubrifier les
armes. En attendant que l'huile agisse, il retourna à
la voiture et alluma la radio.

Les funérailles — était en train de raconter le
speaker de la station locale — avaient atteint de très
hauts sommets d'émotion, au point qu'à un certain
moment, la veuve avait été sur le point de s'évanouir et qu'il avait fallu la porter au-dehors. Les discours funèbres avaient été tenus par, dans l'ordre :
l'évêque, le vice-secrétaire national du parti, le secrétaire régional et, à titre personnel, le ministre
Pellicano, ami de toujours du défunt. Une foule d'au
moins deux mille personnes attendait sur le parvis
la sortie du cercueil pour exploser en applaudissements chaleureux et émus.

« Chaleureux, je veux bien, mais comment des
applaudissements peuvent-ils être émus ? » se
demanda Montalbano. Il éteignit la radio et alla
essayer la clé. Elle tournait, mais la porte était
comme ancrée à terre. Il la poussa d'une épaule et
finit par l'entrebâiller assez pour se glisser à grand-

peine. Le vantail était bloqué par des gravats, des morceaux de fer, du sable, il était évident que le gardien ne s'était plus montré là depuis des années. Il se rendit compte que les murs d'enceinte étaient au nombre de deux : celui de protection qu'il venait de franchir et une vieille muraille à demi ruinée qui entourait la fabrique au temps où elle fonctionnait.

A travers les trous de ce second mur, on voyait des machines rouillées, de gros tubes droits ou en tortillons, de gigantesques alambics, des échafaudages de fer avec de larges déchirures, des châssis suspendus en d'absurdes équilibres, des tourelles d'acier qui pointaient suivant des angles illogiques. Et partout des carrelages défaits, des plafonds éventrés, de larges espaces autrefois couverts de poutrelles de fer à présent cassées, prêtes à dégringoler là où il n'y avait plus rien, hormis une couche de ciment mal en point, aux fentes hérissées de touffes d'herbe jaunie.

Immobile dans l'espace entre les deux murs, Montalbano contemplait les lieux, fasciné. Si l'usine lui plaisait vue de dehors, de l'intérieur, elle le plongeait carrément dans l'extase, il regretta de ne pas avoir emporté l'appareil-photo. Il fut tiré de son songe par la perception d'un son bas et continu, une sorte de vibration sonore qui semblait naître précisément à l'intérieur de l'usine.

« C'est quoi qui tourne, là-dedans ? » se demanda-t-il, soupçonneux.

Il eut la présence d'esprit de sortir, d'aller à la voiture pour ouvrir la boîte à gants et s'armer. Comme le poids de l'arme le gênait et lui déformait vestes et pantalons, il ne portait pratiquement jamais de pistolet. De retour dans l'usine, le son continuant, il se mit prudemment en route vers l'autre extrémité des installations. Le dessin que Saro lui avait laissé était extrêmement précis et lui servait de guide. Le son évoquait le ronflement que parfois émettent les fils à haute tension affectés par l'humidité, sauf que celui-là, plus varié et plus musical, s'interrompait par moments pour reprendre peu après sur une autre modulation.

Montalbano avançait, tendu, attentif à ne pas trébucher sur les pierres et les débris qui formaient le sol dans l'étroit couloir entre les deux murs, quand, du coin de l'œil, à travers un trou, il aperçut un homme qui se déplaçait en parallèle à lui, à l'intérieur de l'usine. Il se rejeta en arrière, certain d'avoir été déjà vu par l'autre. Pas de temps à perdre, l'homme avait sûrement des complices, il fit un bond en avant, arme au poing, en criant :

— Halte ! Police !

En une fraction de seconde, il comprit que l'autre attendait ce mouvement, il était en fait à demi plié en avant, pistolet au poing. Montalbano tira en se jetant à terre et avant de toucher le sol, il avait déjà lâché deux coups. Au lieu d'entendre ce à quoi il s'attendait, un tir en retour, une plainte, le bruit de quelqu'un en train de fuir, il perçut une fracassante explosion suivie du tintinnabulement d'une vitrine qui s'écroule. D'un coup, il comprit et fut pris d'un fou rire d'une violence à l'empêcher de se relever. Il avait tiré sur lui-même, sur l'image qu'une grande vitre restée debout, crasseuse et embuée, lui avait renvoyée.

« Celle-là, je ne pourrai la raconter à personne, se dit-il, ils me demanderaient ma démission et me chasseraient de la police à coups de pied au cul. »

L'arme qu'il tenait en main lui parut aussitôt ridicule, il se la glissa dans la ceinture. Les coups de feu, leur écho prolongé, l'explosion et l'écroulement de la vitrine avaient complètement couvert le son qui, à présent, avait repris, plus varié. Alors, il comprit. C'était le vent qui chaque jour, même l'été, soufflait sur cette portion de plage et qui le soir, au contraire, tombait, comme pour ne pas déranger les affaires de Gegè. En se glissant entre les châssis métalliques, le long des fils cassés ou encore bien tendus, dans les cheminées trouées par endroits comme des flûtes, le vent jouait sa cantilène dans l'usine morte, et le commissaire, sous le charme, s'attarda à l'écouter.

Pour arriver au lieu que Saro avait indiqué, il lui fallut près d'une demi-heure, à certains moments il dut escalader des tertres de détritus. Enfin, il comprit qu'il était exactement à la hauteur de l'endroit,

de l'autre côté du mur, où Saro avait trouvé le collier.
Calmement, il commença à regarder autour de lui.
Journaux et bouts de papier jaunis par le soleil, mau-
vaises herbes, petites bouteilles de Coca-Cola (les
boîtes étaient trop légères pour passer par-dessus le
mur), bouteilles de vin, une carriole métallique
défoncée, quelques pneus, des morceaux de fer, un
objet indéfinissable, une poutre moisie. Et à côté de
la poutre, un sac à bandoulière en cuir, élégant, très
neuf, griffé. Il détonnait, incongru, dans la décharge
qui l'entourait. Montalbano l'ouvrit. A l'intérieur se
trouvaient deux cailloux plutôt gros — un lest,
manifestement, mis là pour faire accomplir au sac la
bonne parabole par-dessus le mur — et rien d'autre.
Il examina le sac de plus près. Les initiales en métal
de la propriétaire avaient été arrachées, mais le cuir
en gardait encore l'empreinte : I.S., Ingrid Sjostrom.

« Ils me la servent sur un plateau d'argent »,
pensa Montalbano.

## 10

L'idée d'accepter le plateau d'argent aimablement tendu, avec tout ce qui pouvait s'y trouver, lui vint à l'esprit tandis qu'il se régalait d'une généreuse portion de poivrons grillés qu'Adelina lui avait laissée au réfrigérateur. Il chercha dans l'annuaire le numéro de Giacomo Cardamone, c'était la bonne heure pour trouver la Suédoise chez elle.

— C'est gui, là, gui pa'le ?

— Ici Giovanni, je peux parler à Ingrid ?

— Moi je voir, tu attends, là.

Il essaya de comprendre de quelle partie du monde cette bonne était venue pour échouer chez les Cardamone, en vain.

— Salut, grosse pine, comment va ?

La voix était basse et rauque, en accord avec la description de Zito, mais les paroles n'eurent aucun effet érotique sur le commissaire, et même l'inquiétèrent : entre tous les prénoms de l'univers, il était allé choisir justement celui qui appartenait à un homme dont Ingrid connaissait même les mesures anatomiques.

— T'es toujours là ? Tu t'es endormi debout ? Combien de fois tu as baisé, cette nuit, gros cochon ?

— Ecoutez, madame…

La réaction d'Ingrid fut très rapide, simple constatation ni étonnée ni indignée :

— Tu n'es pas Giovanni.

— Non.

— Alors, qui es-tu ?

— Je suis un commissaire de la Sécurité publique, je m'appelle Montalbano.

Il s'attendait à une question alarmée et fut promptement déçu.

— Ouah ! Super ! Un flic ! Qu'est-ce que tu veux de moi ?

Elle avait gardé le tutoiement, bien qu'elle sût parler à une personne qu'elle ne connaissait pas. Montalbano décida de continuer de la vouvoyer.

— Je voudrais échanger quelques mots avec vous.

— Cet après-midi, je ne peux pas, mais ce soir, je suis libre.

— D'accord, ce soir, ça va.

— Où ? Je viens à ton bureau ? Dis-moi où il est.

— Mieux vaut pas. Je préfère un endroit plus discret.

Ingrid marqua une pause.

— Ta chambre ?

La voix de la femme manifestait de l'irritation, à l'évidence, elle commençait à soupçonner qu'à l'autre bout du fil, un imbécile lui faisait des avances.

— Ecoutez, madame, je comprends que vous ayez des raisons de vous méfier. Faisons comme ça : d'ici une heure je suis au commissariat de Vigàta, vous pourrez l'appeler et me demander. Ça vous va ?

La femme ne répondit pas tout de suite, elle réfléchissait, puis elle se décida.

— Je te crois, flic. Où et à quelle heure ?

Ils se mirent d'accord sur l'endroit, un bar de Marinella, qui, au moment fixé, dix heures du soir, était sûrement désert. Montalbano lui recommanda de ne rien dire à personne, pas même à son mari.


Edifice du XIXe siècle, protégé par un haut mur d'enceinte au centre duquel s'ouvrait un portail de fer forgé, à cette heure grand ouvert, la villa des Luparello se dressait à l'entrée de Montelusa quand on venait de la mer. Montalbano remonta l'allée ombragée qui coupait à travers une partie du parc et arriva devant la porte d'entrée, dont l'un des battants entrebâillés portait un grand nœud noir. Il se pencha à demi pour jeter un coup d'œil à l'intérieur :

dans le hall, plutôt vaste, une vingtaine de personnes, hommes et femmes, arboraient les visages de circonstance et bavardaient à voix basse.

Il ne lui parut pas opportun de passer au milieu de ces gens, quelqu'un pouvait le reconnaître et commencer à s'interroger sur le pourquoi de sa présence. Il se mit à contourner la villa et finit par trouver une porte sur l'arrière, fermée. Il sonna et dut s'y reprendre à plusieurs fois avant que quelqu'un vienne lui ouvrir.

— Vous vous êtes trompé. Pour les visites de condoléances, c'est par la porte principale, dit la vive petite bonne, avec coiffe et tablier noirs, qui l'avait tout de suite classé hors de la catégorie des fournisseurs.

— Commissaire Montalbano. Voulez-vous avertir quelqu'un de la famille que je suis arrivé ?

— Ils vous attendaient, monsieur le commissaire.

Elle le guida dans un long couloir, lui ouvrit une porte, lui fit signe d'entrer. Montalbano se trouva dans une grande bibliothèque, des milliers de livres y étaient bien conservés, alignés sur d'interminables rayons. Dans un angle, un vaste bureau et à l'opposé, un coin-salon d'une élégance raffinée, avec table basse, divan et deux fauteuils. Aux murs, cinq tableaux seulement et Montalbano, au premier coup d'œil, s'émut en les reconnaissant. Un paysan de Guttuso des années 40, un paysage du Latium de

Melli, une démolition de Mafai, deux rameurs sur le Tibre de Donghi, une baigneuse de Fausto Pirandello. Un goût exquis, un choix d'une rare compétence. La porte s'ouvrit sur un homme d'une trentaine d'années, cravate noire, visage très ouvert, élégant.

— C'est moi qui vous ai téléphoné. Merci d'être venu, mère tenait tant à vous voir. Excusez-moi pour le dérangement que je vous ai causé, dit-il sans la moindre contamination dialectale.

— Je vous en prie, vous ne m'avez en rien dérangé. Simplement, je ne vois pas de quelle manière je puis être utile à votre mère.

— Cela, je l'ai déjà dit à maman, mais elle a insisté. Et elle n'a rien voulu me dire sur les raisons pour lesquelles elle a voulu que nous vous importunions.

Il contempla, comme s'il les voyait pour la première fois, le bout des doigts de sa main droite et s'éclaircit discrètement la gorge.

— Soyez compréhensif, commissaire.

— Je ne comprends pas.

— Soyez compréhensif avec ma mère, elle a été très éprouvée.

Il commença de sortir mais s'immobilisa soudain.

— Ah, commissaire, je veux vous avertir pour vous éviter une situation embarrassante. Maman sait comment est mort papa, et où. Comment elle a fait, je n'arrive pas à le savoir. Elle était déjà au courant deux heures après la découverte du corps. Si vous permettez…

Montalbano en fut soulagé, si la veuve savait tout, il ne serait pas obligé de lui raconter des blagues compliquées pour lui dissimuler l'indécence de la mort du mari. Il retourna contempler les tableaux. Chez lui, à Vigàta, il n'avait que des dessins et des gravures de Carmassi, Attardi, Guida, Cordio et Angelo Canevari : il se les était offerts en entamant gravement son malheureux salaire, il ne pouvait aller plus loin, une toile de cette valeur, il n'aurait jamais réussi à se la payer.

— Ils vous plaisent ?

Le commissaire pivota sur ses talons. Il n'avait pas entendu entrer la dame, une femme de petite taille ayant dépassé la cinquantaine, à l'air décidé. Les minuscules rides répandues sur son visage ne réussissaient pas encore à détruire la beauté des traits, et mettaient même en valeur la splendeur des yeux verts, très vifs.

— Je vous en prie, prenez place, dit-elle en allant s'asseoir sur le divan tandis que le commissaire s'installait sur un fauteuil. De beaux tableaux ; je ne connais rien à la peinture, mais ils me plaisent, il y en a une trentaine éparpillés dans la maison. C'est mon mari qui les a achetés, la peinture était son vice secret, comme il aimait dire. Malheureusement, ce n'était pas le seul.

« Ça commence bien » pensa Montalbano et il demanda :

— Vous vous sentez mieux, madame ?

— Mieux par rapport à quand ?

Le commissaire se figea, il lui sembla se trouver devant une maîtresse d'école qui le soumettait à une interrogation difficile.

— Ben, je ne sais pas, par rapport à ce matin… J'ai entendu qu'à la cathédrale, vous avez eu un malaise.

— Un malaise ? Je me sentais bien, eu égard à la situation. Non, cher ami, j'ai fait semblant de m'évanouir, je suis bonne pour cela. Le fait est qu'il m'est venu une idée, si un terroriste, me suis-je dit, faisait sauter l'église avec nous tous à l'intérieur, un bon dixième au moins de l'hypocrisie répandue dans le monde s'évanouirait avec nous. Et alors, je me suis fait porter dehors.

Montalbano ne sut que dire. Impressionné par la franchise de la femme, il attendit qu'elle reprenne la parole.

— Quand une personne m'a expliqué où avait été retrouvé mon mari, j'ai téléphoné au questeur et je lui ai demandé qui s'occupait de l'enquête, si enquête il y avait. Le questeur m'a donné votre nom, en ajoutant que vous étiez quelqu'un de bien. Je suis restée incrédule : cela existe encore, les gens bien ? Et je vous ai donc téléphoné.

— Je ne puis que vous remercier, madame.

— Nous ne sommes pas là pour échanger des politesses. Je ne veux pas vous faire perdre de temps. Vous êtes vraiment sûr qu'il ne s'agit pas d'un homicide ?

— Tout à fait sûr.

— Et alors, à quoi tiennent vos perplexités ?

— Perplexités ?

— Eh oui, mon cher, vous devez en avoir. Votre réticence à terminer les investigations ne s'explique pas autrement.

— Madame, je serai franc. Il s'agit seulement d'impressions, impressions que je ne devrais et ne pourrais me permettre, dans le sens que, s'agissant d'une mort naturelle, mon devoir serait plutôt tout autre. Si vous n'avez rien de neuf à me dire, ce soir même, je communiquerai au magistrat...

— Mais moi, j'ai quelque chose de neuf. (Montalbano en eut le sifflet coupé.) Je ne sais quelles sont exactement vos impressions, poursuivit la dame, je vais vous dire les miennes. Silvio était certainement un homme avisé et ambitieux ; s'il était resté pendant tant d'années dans l'ombre, c'était dans un but précis : apparaître au grand jour le moment venu, et y rester. Maintenant, vous, vous pouvez croire que cet homme, après tant de temps employé à de patientes manœuvres pour arriver là où il est arrivé, un beau soir décide d'aller avec ce qui est sûrement une femme de mauvaise vie, en un lieu louche où n'importe qui peut le reconnaître et peut-être le faire chanter ?

— Cela, madame, est un des points qui, plus que d'autres, m'ont laissé perplexe.

— Vous voulez l'être davantage ? Je vous ai dit « femme de mauvaise vie » et je voudrais préciser que je ne faisais allusion ni à une prostituée ni en général à une femme vénale. Je n'arrive pas à bien m'expliquer. Je vous dirai une chose : tout de suite après notre mariage, Silvio m'a avoué que toute sa vie, il n'était jamais allé avec une prostituée et qu'il n'avait pas davantage fréquenté une maison de tolérance, quand elles étaient encore ouvertes. Quelque chose le bloquait. Et alors, on en vient à se demander quel genre de femme était celle qui l'a convaincu d'avoir un rapport avec lui dans cet endroit affreux.

Montalbano non plus n'était jamais allé avec une putain, et il espéra que de nouvelles révélations sur Luparello n'allaient pas encore lui révéler des points communs entre lui et un homme avec lequel il n'aurait pas voulu rompre le pain.

— Voyez-vous, mon mari s'est tranquillement consacré à ses vices, mais il n'a jamais eu de tentations d'anéantissement, d'extases vers le bas comme disait un écrivain français. Ses amours, il les consommait discrètement dans une maisonnette qu'il s'était fait construire, mais pas à son nom, juste sur la pointe du cap Massaria. Je l'ai appris de l'habituelle amie charitable.

Elle se leva, alla au bureau, fouilla dans un tiroir et revint s'asseoir avec à la main une grande enveloppe jaune, deux clés tenues par un cercle de métal et une loupe. Elle tendit les clés au commissaire.

— A propos : concernant les clés, c'était un maniaque. Il les avait toutes en deux exemplaires, l'un qu'il gardait dans ce tiroir, l'autre qu'il emportait avec lui. Eh bien, cette dernière série de clés n'a pas été retrouvée.

— Elles n'étaient pas dans les poches de l'ingénieur ?

— Non. Et elles n'étaient même pas dans ses bureaux professionnels. Non plus que dans l'autre, comment dire, le bureau politique. Disparues, volatilisées.

— Il peut les avoir perdues dans la rue. Il n'est pas sûr qu'on les ait prises.

— Ce n'est pas possible. Vous voyez, mon mari avait six jeux de clés. Un pour ici, un autre pour la maison de campagne, un pour la maison à la mer, un pour le bureau, un pour l'autre bureau, un pour la petite maison. Il les gardait toutes dans la boîte à gants de sa voiture. De temps en temps, il prenait le trousseau dont il avait besoin.

— Et dans la voiture, on ne les a pas retrouvées ?

— Non. J'ai donné la consigne de changer toutes

les serrures. Hormis pour la petite maison dont je suis censée ignorer l'existence. Si vous en avez envie, faites-y un saut, vous y trouverez sûrement quelques traces révélatrices concernant ses amours.

Elle avait répété deux fois « ses amours » et Montalbano voulut lui offrir une manière de consolation.

— A part le fait que les amours de l'ingénieur n'entrent pas dans le cadre de mon enquête, j'ai recueilli quelques informations et je vous dirai, en toute sincérité, que j'ai eu des réponses banales, valables pour n'importe quelle personne.

La dame le regarda avec une esquisse de sourire.

— Mais moi, je ne lui en ai jamais fait reproche, vous savez ? Pratiquement, deux ans après la naissance de notre fils, mon mari et moi avons cessé d'être un couple. Et ainsi, j'ai eu la possibilité de l'observer, tranquillement, paisiblement, pendant trente ans, sans que mon regard soit obscurci par le trouble des sens. Vous ne m'avez pas comprise, excusez-moi : en parlant de ses amours, je n'entendais pas en préciser le sexe.

Montalbano rentra la tête et s'enfonça dans le fauteuil. Il lui semblait avoir reçu un coup de barre sur le crâne.

— Moi, en fait, poursuivit la dame, pour revenir au discours qui m'intéresse le plus, je suis convaincue qu'il s'agit d'un acte criminel, laissez-moi terminer, pas d'un homicide, pas d'une élimination physique, mais d'un crime politique. Il y a eu une violence extrême, qui l'a entraîné dans la mort.

— Expliquez-vous mieux, madame.

— Je suis convaincue que mon mari a été contraint par la force ou bien obligé par un chantage, à aller où on l'a ensuite retrouvé, dans cet endroit infâme. Ils avaient un plan, mais ils n'ont pas réussi à le réaliser complètement parce que son cœur l'a lâché, sous l'effet de la tension ou, pourquoi pas, de la peur. Il était très malade, savez-vous ? Il avait subi une opération difficile.

— Mais comment auraient-ils fait pour le contraindre ?

— Je ne sais pas. Peut-être pourrez-vous m'aider. Probablement, ils l'ont attiré dans un guet-apens. Il n'a pas pu résister. Dans cet endroit infâme, ils l'auraient, que sais-je, photographié, fait reconnaître. De ce moment, ils auraient eu mon mari à leur disposition, il aurait été une marionnette dans leurs mains.

— Qui cela, « ils » ?

— Ses adversaires politiques, je crois, ou l'un de ses associés en affaires.

— Ecoutez, madame, votre raisonnement, ou plutôt votre supposition, a un grave défaut : elle ne s'appuie sur aucune preuve.

La femme ouvrit l'enveloppe jaune qu'elle avait

gardée à la main et en tira des photos. C'étaient celles que la police scientifique avait faites du cadavre au Bercail.

— Oh Seigneur, murmura Montalbano en frissonnant.

Mais la femme, elle, ne manifesta aucun trouble en les regardant.

— Comment les avez-vous eues ?

— J'ai de bons amis. Vous les avez vues ?

— Non.

— Vous avez eu tort.

Elle choisit une des photos, et la tendit à Montalbano en même temps que la loupe.

— Voilà, celle-là, regardez-la bien. Le pantalon est baissé et on entrevoit le blanc du caleçon.

Montalbano suait beaucoup, le malaise qu'il éprouvait l'irritait, mais il n'y pouvait rien.

— On ne voit rien d'étrange.

— Ah non ? Et la marque du caleçon ?

— Oui, je la vois. Et alors ?

— Vous ne devriez pas la voir. Ce type de caleçon, et si vous venez dans la chambre de mon mari, je vous en montre d'autres, a la marque de fabrique sur l'arrière et à l'intérieur. Si vous la voyez, comme en ce moment, cela veut dire qu'il a été mis à l'envers. Et ne venez pas me dire que Silvio se l'était mis comme ça dès le matin, en s'habillant, et qu'il ne s'en était pas aperçu. Il prenait un diurétique, il était obligé d'aller aux toilettes plusieurs fois par jour, le caleçon, il aurait pu se le remettre à l'endroit à n'importe quel moment de la journée. Et cela ne signifie qu'une chose.

— Laquelle ? lança le commissaire, impressionné par ce lucide et impitoyable examen, mené sans verser une larme, comme si le mort fût une vague connaissance.

— Qu'il était nu, quand ils l'ont surpris et qu'ils l'ont obligé à se rhabiller en hâte. Et il n'avait pu s'être mis nu que dans la petite maison du cap Massaria. Voilà pourquoi je vous ai donné les clés. Je vous le répète : c'est un acte criminel contre l'image de mon mari, à demi réussi. Ils voulaient en faire un porc à donner en pâture aux porcs à un moment quelconque. S'il n'était pas mort, c'était mieux, avec ce qu'ils avaient sur lui, il aurait fait ce qu'ils voulaient. Mais le plan a en partie réussi : tous les hommes de mon mari ont été exclus du nouveau directoire. Seul Rizzo s'en est tiré, il a même progressé.

— Comment est-ce possible ?

— Cela, c'est à vous de le découvrir, si vous en avez envie. A moins que vous ne vous arrêtiez à la forme qu'ils ont fait prendre à l'eau.

— Je ne comprends pas, excusez-moi.

— Je ne suis pas sicilienne, je suis née à Grosseto, je suis venue à Montelusa quand mon père, préfet, y a été nommé. Nous possédions un bout de terrain et une maison sur les pentes de l'Amiata, nous y passions les vacances. J'avais un ami, fils de paysans, plus jeune que moi. Moi, j'avais une dizaine d'années. Un jour, je vis que mon ami avait mis sur le bord d'un puits une écuelle, une tasse, une théière, une boîte à lait carrée, toutes pleines d'eau à ras bord, et qu'il les observait attentivement. « Qu'est-ce que tu fais ? » je lui demandai. Et lui, à son tour, me posa une question : « Quelle est la forme de l'eau ? — Mais l'eau n'a pas de forme ! dis-je en riant. Elle prend la forme qu'on lui donne. »

*
* *

A ce moment, la porte de la bibliothèque s'ouvrit et un ange apparut.

## 11

L'ange, sur le moment, Montalbano n'aurait su le définir autrement, était un jeune homme d'une vingtaine d'années, grand, blond, très bronzé, avec un corps parfait et une aura d'éphèbe. Un rayon de soleil complaisant s'était empressé de l'inonder de lumière sur le seuil, pour souligner ses traits d'Apollon.

— Puis-je entrer, ma tante ?

— Entre, Giorgio, entre.

Tandis que le jeune homme se déplaçait vers le divan, comme en apesanteur, comme si ses pieds ne touchaient pas terre mais glissaient sur le carrelage, parcourant un chemin tortueux, presque en spirales, effleurant les objets qui lui venaient à portée de la main, ou plutôt les caressant légèrement, Montalbano cueillit le coup d'œil de la femme qui lui intimait d'empocher la photographie qu'il avait en main. Il obtempéra et, de son côté, la veuve remit vivement les autres photos dans l'enveloppe jaune qu'elle posa près d'elle, sur le divan. Quand le jeune homme fut près de lui, le commissaire nota les yeux bleus striés de veinules rouges, bouffis d'avoir pleuré, soulignés de cernes.

— Comment te sens-tu, ma tante ? s'enquit-il d'une voix presque chantante, et il s'agenouilla à côté de la femme avec élégance, posant la tête dans son giron. Dans l'esprit de Montalbano jaillit, avec une clarté extrême, comme éclairé par un projecteur, le souvenir d'une peinture aperçue, il ne se rappelait pas où, le portrait d'une dame anglaise avec un lévrier dans la position exacte qu'avait prise le jeune homme.

— Lui, c'est Giorgio, dit la dame. Giorgio Zìcari, fils de ma sœur Elisa qui a épousé Ernesto Zìcari, le pénaliste, vous le connaissez peut-être.

Tout en parlant, la dame lui caressait les cheveux. Giorgio ne fit pas mine d'avoir compris ces paroles ; à l'évidence plongé dans sa douleur dévastatrice, il ne se tourna même pas dans la direction du commissaire. Du reste, la dame s'était bien gardée de dire à son neveu qui était Montalbano et ce qu'il faisait là.

— Tu as réussi à dormir, cette nuit ?

Pour toute réponse, Giorgio secoua la tête.

— Alors, voilà ce que tu vas faire. Tu as vu qu'il y a le docteur Capuano ? Va le voir, fais-toi prescrire un somnifère puissant et va te coucher.

Sans ouvrir la bouche, dans un mouvement fluide, Giorgio se leva, lévita sur le carrelage dans son singulier mouvement tournoyant et disparut derrière la porte.

— Vous devez l'excuser, dit la dame. Giorgio est sans aucun doute la personne qui a le plus souffert et qui souffre le plus de la disparition de mon mari. Voyez-vous, j'ai voulu que mon fils étudie et se fasse une situation indépendante de son père, loin de la Sicile. Et pour des raisons que vous, peut-être, devinez. En conséquence, à la place de Stefano, mon mari a réservé son affection à son neveu et il en a reçu en retour un sentiment proche de l'idolâtrie, il est venu carrément vivre avec nous, pour le grand déplaisir de ma sœur et de son mari qui se sont sentis abandonnés. (Elle se leva, Montalbano l'imita.) Je vous ai dit, commissaire, tout ce que je jugeais devoir vous dire. Je sais que je suis entre des mains honnêtes. Contactez-moi quand vous voudrez, à n'importe quelle heure du jour ou de la nuit, quand vous l'estimerez opportun. Pas de scrupules, n'essayez pas de m'épargner, je suis ce qu'on appelle une femme forte. En tous les cas, agissez selon votre conscience.

— Une question, madame, qui me tracasse depuis un moment. Pourquoi est-ce que vous ne vous êtes pas souciée de donner l'alerte sur le fait que votre mari n'était pas rentré... Je m'explique mieux : que votre mari ne soit pas rentré cette nuit-là, ce n'était pas inquiétant ? Ça lui était déjà arrivé ?

— Oui, ça lui était arrivé. Mais, voyez-vous, dimanche soir, il m'a téléphoné.

— D'où ?

— Je ne saurais vous le dire. Il m'a dit qu'il rentrerait très tard. Il avait une réunion importante, il était même possible qu'il soit obligé de passer la nuit entière dehors.

Elle lui tendit la main et le commissaire, sans savoir pourquoi, prit cette main entre les siennes et la baisa.

*
* *

En sortant, toujours sur l'arrière de la villa, il découvrit Giorgio assis sur un banc de pierre tout proche, plié en deux, secoué de frissons convulsifs.

Montalbano s'approcha, inquiet, et vit les mains du jeune homme s'ouvrir pour laisser tomber à terre l'enveloppe jaune et les photos qui s'éparpillèrent sur le sol. Manifestement, poussé par une curiosité de chat, il s'en était emparé pendant qu'il était blotti contre sa tante.

— Vous vous sentez mal ?

— Pas comme ça, mon Dieu, pas comme ça !

Giorgio parlait avec une élocution embrouillée, les yeux vitreux, il n'avait même pas noté la présence du commissaire. Soudain, il se raidit, tombant en arrière du banc sans dossier. Montalbano s'agenouilla près de lui, essayant de trouver un moyen d'immobiliser ce corps secoué de spasmes tandis qu'une bave blanche se formait sur les côtés de la bouche.

Stefano Luparello apparut à la porte de la villa, jeta un coup d'œil circulaire, vit la scène, se précipita.

— Je courais derrière vous pour vous saluer. Qu'est-ce qui se passe ?

— Une crise d'épilepsie, il me semble.

Ils se démenèrent pour qu'au plus fort de la crise Giorgio ne se coupe pas la langue avec les dents et ne se cogne pas violemment la tête. Puis le jeune homme se calma, il frissonnait sans violence.

— Aidez-moi à le porter à l'intérieur, dit l'ingénieur. (La bonne, celle-là même qui avait ouvert au commissaire, accourut au premier appel de Luparello.) Je ne voudrais pas que maman le voie dans cet état.

— Chez moi, dit la jeune fille.

Ils progressèrent avec difficulté le long d'un couloir différent de celui qu'avait suivi le commissaire, Montalbano portait Giorgio sous les aisselles, Stefano le tenait par les pieds. Lorsqu'ils furent arrivés à ce qui était l'aile des domestiques, la bonne ouvrit une porte. Haletants, ils déposèrent le jeune homme sur le lit. Giorgio semblait enfoncé dans un sommeil de plomb.

— Aidez-moi à le déshabiller, dit Stefano.

C'est seulement quand le jeune homme se retrouva en caleçon et tricot que Montalbano nota qu'à la base du cou fin et sous le menton, la peau était très blanche, diaphane, et formait un contraste violent avec le visage et la poitrine cuits par le soleil.

— Vous savez pourquoi il n'est pas bronzé, là ? demanda-t-il à l'ingénieur.

— Je n'en sais rien, répondit l'ingénieur, je ne suis rentré que depuis lundi après-midi à Montelusa, après des mois d'absence.

— Moi, je le sais, dit la bonne. Le jeune monsieur s'était fait mal, il a eu un accident de voiture. Le collier, il se l'est enlevé il y a même pas une semaine.

— Quand il se remettra et qu'il sera en mesure de comprendre, dit Montalbano à Stefano, dites-lui de faire un saut à mon bureau à Vigàta, demain matin, vers dix heures.

Il retourna au banc, ramassa à terre l'enveloppe avec les photos que Stefano n'avait pas remarquées et les empocha.

*
* *

Du virage de Sanfilippo, le cap Massaria n'était qu'à une centaine de mètres, mais le commissaire ne réussit pas à voir la maisonnette qui devait se dresser juste à la pointe, à en croire du moins les déclarations de Mme Luparello. Il redémarra, avançant très lentement. Quand il fut juste à la hauteur du cap, il avisa, entre les arbres épais et bas, un chemin qui partait de la route provinciale. Il s'y engagea, et peu après découvrit que l'étroite chaussée était barrée par un portail, unique ouverture dans un long mur de pierres sèches qui isolait complètement la partie du cap à pic au-dessus de la mer.

C'étaient les bonnes clés. Montalbano laissa la voiture devant le portail et suivit un sentier de jardin formé de blocs de tuf enfoncés dans le sol. A la fin de celui-ci, il descendit quelques marches de la même roche qui aboutissaient à une espèce de palier sur lequel s'ouvrait la porte de la maison, invisible du côté de la terre parce que construite en nid d'aigle, comme certains refuges de montagne encastrés dans la roche.

Il se retrouva dans un vaste salon donnant sur la mer, suspendu même au-dessus d'elle, et l'impression de marcher sur un pont de navire était renforcée par une baie qui occupait toute la paroi. Un ordre parfait régnait. Un coin salle à manger était meublé d'une table et de quatre sièges, tandis qu'un divan et deux fauteuils étaient tournés vers la baie ; il y avait aussi un buffet du XIXe siècle rempli de verres, de plats, de bouteilles de vin et de liqueur, un téléviseur avec magnétoscope. Alignées sur une table basse, des cassettes de films porno et autres. Sur le salon donnaient trois portes, la première communicant avec une petite cuisine très propre, les étagères couvertes de victuailles, alors que le réfrigérateur était à peu près vide, à l'exception de quelques bouteilles de champagne et de vodka. La salle de bains, plutôt spacieuse, sentait le lysoforme. Sur l'étagère sous le miroir, un rasoir électrique, des déodorants, un flacon d'eau de Cologne. Dans la chambre à coucher, où une vaste fenêtre donnait aussi sur la mer, le lit à deux places recouvert de draps impeccables, deux tables de nuit avec, sur l'une, le téléphone, une armoire à trois portes. Sur le mur, à la tête du lit, un dessin d'Emilio Greco, un nu très sensuel.

Montalbano ouvrit le tiroir de la table de nuit sur laquelle se trouvait le téléphone, du côté que l'ingénieur avait sûrement l'habitude d'occuper. Trois préservatifs, un stylo à bille, un bloc-notes aux feuilles blanches. Il sursauta en voyant, tout au fond du tiroir, le pistolet, un 7,65, chargé. Le tiroir de l'autre table de nuit était vide. Il ouvrit la porte gauche de l'armoire, deux complets pour homme y étaient pendus. Dans le tiroir du haut, une chemise, trois caleçons, des mouchoirs, un tricot de corps. Il examina les caleçons, Mme Luparello avait raison, la marque était à l'intérieur et sur l'arrière. Dans le tiroir du bas, une paire de mocassins et une autre de

pantoufles. Un miroir couvrait entièrement la porte
du milieu. Cette partie de l'armoire était divisée en
trois niveaux, le plus haut et celui du milieu conte-
naient, en vrac, des chapeaux, des revues italiennes
et étrangères unies par le dénominateur commun de
la pornographie, un vibromasseur, des draps et des
taies de rechange. Sur l'étagère du bas, trois perruques de femme, une brune, une blonde, une
rousse, étaient disposées sur les reposoirs adéquats.
Peut-être avaient-elles leur rôle dans les jeux éro-
tiques de l'ingénieur.

La grosse surprise, il l'eut en fait à l'ouverture de
la porte de droite : deux robes de femme, très élé-
gantes, pendaient aux cintres. Il y avait aussi deux
jeans et quelques chemisiers. Dans un tiroir, de
minuscules culottes, pas de soutiens-gorge. L'autre
était vide. Et comme il s'inclinait pour l'examiner de
plus près, Montalbano comprit ce qui l'avait tant
surpris : moins la vue des habits féminins que le parfum qui en émanait, celui-là même qu'il avait perçu,
mais plus vaguement, à la vieille usine, en ouvrant
le sac à main.

Rien d'autre à voir, ce fut par pur scrupule qu'il se
baissa pour jeter un coup d'œil sous les meubles.
Une cravate s'était enroulée à l'un des pieds arrière
du lit. Il la ramassa en se rappelant que l'ingénieur
avait été retrouvé avec le col de chemise ouvert.
Tirant de sa poche les photographies, il se convain-

quit que la couleur de la cravate se serait accordée parfaitement avec celle du costume que portait l'ingénieur au moment de sa mort.

*
* *

Au commissariat, il trouva Germanà et Galluzzo dans un état de grande agitation.

— Et le brigadier ?

— Fazio est avec les autres à la station-service, celle vers Marinella, il y a eu une fusillade.

— J'y vais tout de suite. On a envoyé quelque chose pour moi ?

— Oui, un paquet, de la part du *dottore* Jacomuzzi. (Il l'ouvrit, c'était le bijou, il le rempaqueta.)

— Germanà, tu viens avec moi, allons à cette station-service. Tu me laisses là et tu continues sur Montelusa avec ma voiture. Je te dirai en route ce que tu dois faire.

Il entra dans son bureau, téléphona à maître Rizzo, lui fit savoir que le collier était en route, ajouta qu'il fallait remettre au même agent le chèque de 10 millions.

Tandis qu'ils se dirigeaient vers le lieu de la fusillade, le commissaire expliqua à Germanà qu'il ne devait pas laisser le paquet à Rizzo avant d'avoir le chèque en poche, et qu'il devait porter celui-ci — il lui donna l'adresse — à Saro Montaperto, en recommandant à ce dernier d'aller retirer l'argent dès l'ouverture de la banque, à huit heures le lendemain matin. Il ne pouvait s'en expliquer la raison, et cela l'ennuyait beaucoup, mais il sentait que l'affaire Luparello approchait rapidement de sa conclusion.

— Ensuite je reviens vous prendre à la station ?

— Non, tu t'arrêtes au commissariat. Moi, je viens avec l'auto de service.

*
**

La voiture de la police et un véhicule privé barraient les accès à la station-service. A peine descendu, tandis que Germanà prenait la route de Montelusa, le commissaire fut assailli par une puissante odeur d'essence.

— Faites attention où vous mettez les pieds ! lui cria Fazio.

L'essence avait formé un marécage, les exhalaisons donnaient la nausée à Montalbano, et l'étourdissaient quelque peu. Arrêtée devant une pompe, une auto immatriculée à Palerme avait le pare-brise fracassé.

— Il y a eu un blessé, celui qui était au volant, dit le brigadier. Il a été emmené en ambulance.

— Un blessé grave ?

— Non, une connerie. Mais il s'est pris une trouille monstre.

— Qu'est-ce qui s'est passé exactement ?

— Si vous voulez parler vous-même avec le pompiste…

Aux questions du commissaire, l'homme répondit d'une voix qui se maintenait dans un registre si aigu que le commissaire avait la sensation d'un ongle crissant sur du verre. Les faits s'étaient à peu près déroulés ainsi : une voiture s'était arrêtée, la seule personne à bord avait demandé le plein, le pompiste avait mis le bec de la pompe dans le réservoir et l'avait laissé fonctionner, en bloquant le système d'arrêt automatique parce que entre-temps était arrivée une autre automobile dont le conducteur avait demandé 30 000 lires de carburant et un coup d'œil à l'huile. Comme le pompiste allait servir le second client, une voiture, de la route, avait tiré une rafale de mitraillette avant d'accélérer, disparaissant au milieu de la circulation. L'homme au volant de la première auto s'était aussitôt lancé à la poursuite de ses agresseurs, la pompe avait glissé et continué à répandre le carburant. Le conducteur de la première voiture criait comme un fou, il avait été égratigné à une épaule. Le premier moment de panique passé, et s'étant rendu compte qu'il n'y avait plus de danger, le pompiste avait secouru le blessé, cependant que la pompe continuait à vider de l'essence par terre.

— Tu n'as pas vu en face l'homme de la première voiture, celui qui s'est lancé dans la poursuite ?

— Oh que non.

— Tu en es vraiment sûr ?

— Aussi vrai que Dieu est vrai.

Pendant ce temps, les pompiers appelés par Fazio venaient d'arriver.

— Faisons comme ça, dit Montalbano au brigadier. Dès que les pompiers ont fini, tu prends le pompiste qui ne me convainc pas du tout, et tu l'emmènes au commissariat. Mets-lui la pression, ce type sait très bien qui était l'homme qu'on a voulu abattre.

— C'est ce que je pense aussi.

— Qu'est-ce que tu paries que c'est un de la bande des Cuffaro ? Ce mois-ci, il me semble que c'est leur tour.

— Mais vous voulez me piquer mon fric ! rétorqua le brigadier en riant. Le pari, vous l'avez déjà gagné.

— Au revoir.

— Et où allez-vous ? Vous voulez que je vous accompagne avec l'auto de service ?

— Je rentre chez moi me changer. D'ici, à pied, j'en ai pour une vingtaine de minutes. Ça me fera du bien de prendre un peu l'air.

Il s'en alla, ça ne lui disait rien de se présenter à Ingrid Sjostrom endimanché.

## 12

Il s'installa devant la télévision, encore nu et dégoulinant. Les images étaient celles des funérailles de Luparello qui s'étaient déroulées dans la matinée, le cameraman s'était rendu compte que les seules personnes susceptibles de conférer un caractère dramatique à la cérémonie, autrement assez semblable à tant d'autres ennuyeuses manifestations officielles, formaient le trio veuve, fils (Stefano), neveu (Giorgio). Sans qu'elle s'en rende compte, la tête de la dame avait une secousse nerveuse en arrière, comme un geste de dénégation répétée[1]. Ce non, le commentateur, voix basse et contrite, l'interprétait comme le mouvement évident d'une créature refusant contre toute logique la réalité concrète de la mort, mais tandis que le cameraman zoomait sur elle

1. En Sicile, comme dans tout le sud de l'Italie, en Grèce, Turquie, etc., on dit « non » en rejetant la tête en arrière et en levant les yeux au ciel. *(N.d.T.)*

jusqu'à saisir son regard, Montalbano vit la confirmation de ce que la veuve lui avait déjà confessé : dans ces yeux, il n'y avait que mépris et ennui. A côté d'elle était assis le fils, « pétrifié de douleur », disait le speaker, et s'il le définissait ainsi, c'était seulement parce que l'attitude de convenable réserve à laquelle se tenait le jeune ingénieur confinait à l'indifférence. Giorgio, au contraire, vacillait comme un arbre sous le vent, livide il oscillait, avec dans les mains un mouchoir sans cesse entortillé, trempé de larmes.

Le téléphone sonna, le commissaire alla répondre sans détacher le regard du téléviseur.

— Commissaire, c'est Germanà. Tout est réglé. L'avocat Rizzo vous remercie, il dit qu'il trouvera le moyen de s'acquitter de sa dette envers vous.

De certains des moyens qu'avait l'avocat de s'acquitter de ses dettes, on murmurait que ses créditeurs se seraient volontiers passés.

— Après, je suis allé chez Saro et je lui ai remis le chèque. J'ai dû le convaincre, ils n'arrivaient pas à y croire, ils pensaient à une mauvaise blague, puis ils se sont mis à me baiser les mains. Je vous épargne tout ce que le Seigneur, selon eux, devrait faire pour vous. La voiture est au commissariat. Qu'est-ce que je fais, je vous la ramène chez vous ?

Le commissaire jeta un coup d'œil à la pendule, il y avait encore un peu plus d'une heure avant la rencontre avec Ingrid.

— D'accord, mais prends ton temps. Disons que tu sois là pour les neuf heures et demie. Après, je te raccompagne au centre.

*
**

Il ne voulait pas manquer le moment de l'évanouissement simulé, il se sentait comme un spectateur auquel un prestidigitateur a révélé son truc et qui alors ne jouit plus de la surprise mais de l'habileté du praticien. Mais celui qui le manqua, en fait, ce fut le cameraman, qui à ce moment-là ne réussit pas à le saisir autrement que par un soudain panoramique du premier plan du ministre au groupe des familiers que déjà Stefano et deux volontaires emportaient la dame dehors, tandis que Giorgio restait à sa place, vacillant toujours.

*
**

Au lieu de laisser Germanà devant le commissariat et de continuer, Montalbano monta avec lui. Il trouva Fazio de retour de Montelusa, il avait parlé avec le blessé qui s'était enfin calmé. Il s'agissait, lui raconta le brigadier, d'un représentant en électroménager, milanais, qui tous les trois mois prenait l'avion, débarquait à Palerme, louait une voiture et faisait le tour de l'île. Quand il s'était arrêté à la pompe, il s'était mis à consulter une feuille pour vérifier l'adresse du prochain magasin à visiter et puis il avait entendu des coups de feu et ressenti une vive douleur à l'épaule. Fazio y croyait, à ce récit.

— *Dottò*, celui-là, quand il rentre à Milan, il se met avec ceux qui veulent que le Nord se sépare de la Sicile.

— Et le pompiste ?

— Le pompiste, c'est autre chose. C'est Giallombardo qui s'en occupe, vous savez comment il est, on reste deux heures avec lui, à bavarder comme si on le connaissait depuis cent ans, et après on s'aperçoit qu'on lui a raconté des secrets qu'on dirait même pas au curé en confession.

*
**

Les lumières étaient éteintes, la porte d'entrée vitrée barrée, Montalbano avait choisi pile le jour de fermeture hebdomadaire du bar Marinella. Il gara la voiture et attendit. Quelques minutes plus tard arriva une deux-places rouge, plate comme une sole. Ingrid ouvrit la portière, descendit. En dépit de l'avare lumière du lampadaire, le commissaire vit qu'elle était mieux que ce qu'il s'était imaginé, jean collant qui lui faisait des jambes très longues, chemise blanche décolletée aux manches roulées, sandales, cheveux relevés en chignon : une vraie fille de couverture de magazine.

Ingrid regarda autour d'elle, remarqua les lumières éteintes. Indolente mais sûre, elle se dirigea vers la voiture du commissaire, s'inclina pour lui parler par-dessus la glace baissée.

— Tu as vu que j'avais raison ? Maintenant, où on va, chez toi ?

— Non, fit Montalbano, furieux. Montez.

La femme obéit et aussitôt l'automobile se remplit du parfum que le commissaire connaissait déjà.

— Où on va ? répéta la femme.

Maintenant, elle ne plaisantait plus, elle avait, en femme accomplie, perçu la nervosité de l'homme.

— Vous avez du temps ?

— Tout le temps que je veux.

— Nous allons dans un lieu où vous vous sentirez à l'aise, parce que vous y avez déjà été, vous verrez.

— Et mon auto ?

— Nous repasserons la prendre après.

Ils partirent et, après quelques minutes de silence, Ingrid posa la question qu'elle aurait dû énoncer avant.

— Tu veux me voir pour quoi ?

Le commissaire était en train d'examiner l'idée qui lui était venue de l'inviter à monter dans sa voiture, c'était une vraie idée de flic, mais lui, flic, il ne cessait jamais de l'être.

— Je voulais vous voir parce que j'ai des questions à vous poser.

— Ecoute, commissaire, moi je tutoie tout le monde, si tu me vouvoies, ça me gêne. Comment c'est ton prénom ?

— Salvo. Maître Rizzo t'a dit que nous avons retrouvé le collier ?

— Quel collier ?

— Comment, quel collier ? Celui avec le cœur de diamants.

— Non, il ne me l'a pas dit. Et puis, moi, je n'ai pas de rapports avec lui. Il l'a sûrement dit à mon mari.

— Dis-moi, par curiosité, toi, les bijoux, tu as l'habitude de les perdre et de les retrouver ?

— Pourquoi ?

— Mais enfin, je te dis que nous avons trouvé ton collier qui vaut une centaine de millions et tu ne bronches pas ?

Ingrid eut un rire de gorge contenu.

— Le fait est que je n'aime pas les bijoux. Tu vois ?

Elle lui montra ses mains.

— Je ne porte pas de bague, pas même l'anneau de mariage.

— Où est-ce que tu l'avais perdu ?

Ingrid ne répondit pas tout de suite.

« Elle se répète la leçon », pensa Montalbano.

Puis la jeune femme se mit à parler, mécaniquement, le fait d'être étrangère ne l'aidait pas à mentir.

— J'ai eu la curiosité d'aller voir ce Percail...

— Bercail, corrigea Montalbano.

— ... dont j'avais entendu parler. J'ai persuadé
mon mari de m'y conduire. Là, je suis descendue, j'ai
fait quelques pas, j'ai été quasiment agressée, j'ai eu
peur, je craignais que mon mari se dispute. Nous
sommes repartis. Chez nous, je me suis aperçue que
je n'avais plus le collier.

— Et comment se fait-il que ce soir-là, tu te l'étais
mis, si les bijoux ne te plaisent pas ? Ça ne me
semble pas précisément adapté au Bercail.

Ingrid hésita.

— Je l'avais mis parce que dans l'après-midi je
m'étais retrouvée avec une amie qui voulait le voir.

— Ecoute, il faut que je te fasse une déclaration
préliminaire. Je te parle toujours en tant que commissaire, mais de manière officieuse, je me suis fait
comprendre ?

— Non. Qu'est-ce que ça veut dire, officieuse ? Je
ne connais pas ce mot.

— Ça signifie que ce que tu diras restera entre
nous. Comment ton mari a-t-il pu choisir précisément Rizzo comme avocat ?

— Il ne devait pas ?

— Non, en tout cas si on s'en tient à la logique. Rizzo était le bras droit de l'ingénieur Luparello, c'est-à-dire le principal adversaire politique de ton beau-père. A propos, tu le connaissais, Luparello ?

— De vue. Rizzo est depuis toujours l'avocat de Giacomo. Et moi, la politique, j'y comprends que dalle. (Elle s'étira, les bras arqués en arrière.) Je m'ennuie. Dommage. Je pensais que la rencontre avec un flic serait plus excitante. Je peux savoir où on va ? Il y a encore beaucoup de route ?

— On est presque arrivés.

*
* *

Tout de suite après le virage Sanfilippo, la jeune femme devint nerveuse. Deux ou trois fois, elle jeta un regard en coin au commissaire, et murmura :

— Ecoute, de ce côté, il n'y a pas de bar.

— Je sais, dit Montalbano et, ralentissant l'allure, il prit le sac à main qu'il avait placé derrière le siège où était assise Ingrid. Je veux que tu voies une chose.

Il le lui posa sur les genoux. La femme fixa la chose en question et parut surprise pour de bon.

— Comment ça se fait que c'est toi qui l'as ?

— C'est ton sac ?

— Bien sûr, regarde, il y a mes initiales.

En découvrant qu'elles manquaient, Ingrid parut encore plus surprise.

— Elles ont dû tomber, dit-elle à voix basse, mais sans conviction.

Elle était en train de se perdre dans un labyrinthe de questions sans réponses ; maintenant, quelque chose commençait à la préoccuper, c'était évident.

— Tes initiales, elles y sont encore, tu ne peux pas les voir parce que nous sommes dans le noir. Ils les ont arrachées, mais leur empreinte est restée sur le cuir.

— Mais pourquoi ils les ont enlevées ? Et qui ?

Maintenant, dans sa voix perçait une note d'angoisse. Le commissaire ne lui répondit pas, mais il savait très bien pourquoi ils avaient agi ainsi, c'était justement pour lui faire croire qu'Ingrid avait tenté de rendre le sac anonyme.

Ils étaient arrivés à la hauteur du chemin qui conduisait au cap Massaria et Montalbano, qui avait accéléré comme s'il voulait continuer tout droit, y bifurqua brusquement. En un instant, sans dire un mot, Ingrid ouvrit la portière, sauta en marche avec agilité et se mit à fuir entre les arbres. En jurant, le commissaire freina, bondit au-dehors et se lança à sa poursuite. Au bout de quelques secondes, il se rendit compte qu'il ne pourrait jamais la rattraper et s'arrêta, indécis : à cet instant même, il la vit tomber. Quand il fut près d'elle, Ingrid, qui n'avait pas pu se relever, interrompit un monologue suédois qui exprimait cependant avec clarté sa peur et sa fureur.

— Va te faire enculer ! lança-t-elle en continuant de se masser la cheville droite.

— Lève-toi et ne fais plus de conneries.

A grand-peine, elle obtempéra et s'appuya sur Montalbano qui était resté immobile, sans l'aider.

*
**

Le portail s'ouvrit avec facilité, mais la porte d'entrée, elle, opposa une résistance.

— Laisse-moi faire, dit Ingrid.

Elle l'avait suivi sans faire un geste, comme résignée. Mais elle avait organisé son plan de défense.

— De toute façon, à l'intérieur, tu ne trouveras rien, dit-elle depuis le seuil, sur le ton du défi.

Elle alluma la lumière, sûre d'elle, mais à la vue des meubles, des vidéocassettes, de la pièce parfaitement équipée, elle eut un mouvement de surprise manifeste, une ride lui creusa le front.

— Ils m'avaient dit…

Elle se contrôla aussitôt et se tut, haussa les épaules. Elle regarda Montalbano, attendant son prochain mouvement.

— Dans la chambre, dit le commissaire.

Ingrid ouvrit la bouche, prête à lancer une blague facile, mais elle perdit courage, tourna le dos, et en boitant, se rendit dans l'autre pièce, alluma la lumière, cette fois en ne montrant aucune surprise, elle s'attendait à tout y trouver en ordre. Elle s'assit au pied du lit. Montalbano ouvrit la porte de gauche de l'armoire.

— Tu sais à qui sont ces vêtements ?

— Je suppose qu'ils sont à Silvio, l'ingénieur Luparello.

Il ouvrit la porte centrale.

— Ces perruques, elles sont à toi ?

— Jamais porté de perruque.

Quand il ouvrit la porte de droite, Ingrid ferma les yeux.

— Regarde, de toute façon, ça n'arrange rien. C'est à toi ?

— Oui. Mais…

— … mais ça ne devrait plus être là, conclut pour elle Montalbano.

Ingrid tressaillit.

— Comment tu le sais ? Qui te l'a dit ?

— Personne ne me l'a dit, je l'ai compris tout seul. Je fais flic, tu te souviens ? Le sac à main aussi était dans l'armoire ?

Ingrid fit oui de la tête.

— Et le collier que tu as dit avoir perdu, où était-il ?

— Dans le sac. Une fois, j'ai dû le mettre et puis je suis venue ici et je l'ai laissé.

Elle marqua une pause, fixa longuement le commissaire dans les yeux.

— Qu'est-ce que ça veut dire, tout ça ?

— Retournons à côté.

Ingrid prit un verre sur la crédence, le remplit à moitié de whisky sec, le but pratiquement en une seule gorgée, le remplit de nouveau.

— Tu en veux ?

Montalbano dit non, il s'était assis sur le divan, contemplant la mer, la lumière était assez basse pour la lui laisser voir au-delà de la baie vitrée. Ingrid vint s'asseoir à côté de lui.

— Je me suis trouvée là à regarder ça en de meilleures occasions.

Elle glissa un peu sur le divan, appuya la tête sur l'épaule du commissaire qui ne bougea pas, il avait tout de suite compris que ce n'était pas une tentative de séduction.

— Ingrid, tu te souviens de ce que je t'ai dit dans la voiture ? Que notre entretien était officieux ?

— Oui.

— Réponds-moi sincèrement. Les habits dans l'armoire, tu les as portés toi, ou ils y ont été mis ?

— Je les ai portés moi. Ils pouvaient me servir.

— Tu étais la maîtresse de Luparello ?

— Non.

— Comment ça ? Il me semble que tu es chez toi, ici.

— Avec Luparello, je n'ai couché qu'une fois, six mois après mon arrivée à Montelusa. Après, jamais plus. Il m'a emmenée ici. Mais ce qui s'est passé, c'est que nous sommes devenus amis, de vrais amis, comme jamais je ne l'avais été, même dans mon pays, avec un homme. Je pouvais tout lui dire, vraiment tout, si j'avais des ennuis, il réussissait à m'en tirer, sans poser de questions.

— Tu veux me faire croire que cette unique fois où tu es venue ici, tu as emmené des robes, des jeans, des culottes, le sac et le collier ?

Ingrid s'écarta, irritée.

— Je ne veux rien te faire croire. J'étais en train de te raconter. Au bout de quelque temps, j'ai demandé à Silvio si je pouvais de temps en temps utiliser cette maison et il m'a dit oui. Il ne m'a demandé qu'une chose, d'être très discrète et ne jamais dire à qui elle appartenait.

— Si tu décidais de venir, comment faisais-tu pour savoir que l'appartement était libre et à ta disposition ?

— On s'était mis d'accord sur une série de sonneries de téléphone. Moi, avec Silvio, j'ai tenu parole. Ici, j'y emmenais un seul homme, toujours le même.

Elle but longuement, on eût dit qu'elle faisait le dos rond.

— Un homme qui depuis deux ans a voulu entrer de force dans ma vie. Parce que moi, après, je ne voulais plus.

— Après quoi ?

— Après la première fois. Elle me faisait peur, la situation. Mais lui, il était... comme aveuglé, il a pour moi, comme on dit, une obsession. Uniquement physique. Chaque jour, il demande qu'on se voie. Puis, quand je l'emmène ici, il se jette sur moi, il devient violent, il m'arrache mes vêtements. Voilà pourquoi j'ai des affaires de rechange dans l'armoire.

— Cet homme, il sait à qui appartient la maison ?

— Je ne le lui ai pas dit et du reste, il ne me l'a jamais demandé. Tu vois, il n'est pas jaloux, c'est juste qu'il me veut, il ne se lasserait jamais de me rentrer dedans ; à n'importe quel moment, il est prêt à me prendre.

— Je comprends. Et Luparello, de son côté, il savait qui tu emmenais ici ?

— C'est pareil, il ne me l'a pas demandé et je ne le lui ai pas dit. (Ingrid se leva.) On pourrait pas aller ailleurs ? Cet endroit maintenant me déprime. Tu es marié ?

— Non, répondit Montalbano, surpris.

— Allons chez toi, dit-elle. (Et, avec un sourire sans joie, elle ajouta :) Je te l'avais dit que les choses finiraient comme ça, non ?

## 13

Aucun des deux n'ayant envie de parler, ils gardèrent le silence pendant un quart d'heure. Mais le commissaire, une fois encore, s'abandonnait à sa nature de flic. Arrivé à l'entrée du pont qui passait au-dessus du Canneto, il se rangea sur le côté, freina, descendit et dit à Ingrid d'en faire autant. Du haut du pont, le commissaire montra à la femme le lit à sec qu'on devinait au clair de lune.

— Regarde, lui dit-il. Le lit de ce fleuve mène directement à la plage. Il est très pentu. Et plein de pierres et de gros cailloux. Tu serais capable de descendre là-dedans avec l'auto ?

Ingrid examina la première partie du parcours, celle qu'on réussissait à voir, ou plutôt à deviner.

— Je ne peux pas te dire. S'il faisait jour, ce serait différent. En tout cas, je pourrais essayer si tu veux.

En souriant, les yeux mi-clos, elle dévisagea le commissaire.

— Tu t'es bien renseigné sur moi, hein ? Alors, qu'est-ce que je dois faire ?

— Le faire, dit Montalbano.

— C'est bon. Toi, tu m'attends là.

Elle monta en voiture, partit. Quelques secondes suffirent pour que Montalbano perde de vue la lumière des feux.

— Et bonsoir chez vous. Elle me l'a mis dans le cul, se résigna le commissaire.

Et tandis qu'il se disposait à entreprendre la longue marche jusqu'à Vigàta, il l'entendit revenir, moteur grondant.

— Peut-être que j'y arrive. Tu as une lampe de poche ?

— Dans la boîte à gants.

La jeune femme s'agenouilla, éclaira le dessous de la voiture, se releva.

— Tu as un mouchoir ?

Montalbano le lui donna, Ingrid s'en banda étroitement la cheville qui lui faisait mal.

— Monte.

En marche arrière, elle arriva à l'entrée d'une route dégagée au bulldozer qui, partant de la provinciale, conduisait sous le pont.

— J'essaie, commissaire. Mais tiens compte du fait que j'ai un pied hors d'usage. Attache-toi la ceinture. Je dois foncer ?

— Oui, mais l'important est que nous arrivions sains et saufs à la plage.

Ingrid passa une vitesse et démarra en trombe. Ce furent dix minutes de gangassage continu et féroce ; à un certain point, Montalbano eut l'impression que sa tête désirait ardemment se détacher du reste du corps et s'envoler par la fenêtre. Au contraire, Ingrid était tranquille, décidée, elle conduisait en pointant le bout de la langue entre les lèvres et le commissaire fut tenté de lui dire de la rentrer, elle risquait de se la couper d'un coup de dents involontaire. Quand ils furent arrivés à la plage :

— J'ai passé l'examen ? s'enquit Ingrid.

Dans l'obscurité, ses yeux brillaient. Elle était excitée et contente.

— Oui.

— On le refait, en montée.

— Mais tu es dingue ! Ça suffit comme ça.

Elle avait dit le mot juste, en parlant d'examen. Sauf que l'examen n'avait abouti à rien. Cette route, Ingrid savait la parcourir sans encombre, et ça, c'était un point en sa défaveur. Mais à la requête du commissaire, elle n'avait manifesté aucune nervosité, rien que de la surprise, et ça, c'était un point en sa faveur. Le fait qu'elle n'ait rien cassé dans la voiture, comment fallait-il le considérer ? Comme un point négatif ou bien positif ?

— Alors, on remonte ? Allez, c'est le seul moment de la soirée dans lequel je me suis amusée.

— Non, j'ai dit non.

— Alors, conduis, toi. J'ai trop mal.

Le commissaire conduisit le long de la rive, il vérifia que la voiture était en bon état, rien de cassé.

— Tu es vraiment bonne.

— Tu vois, dit Ingrid, avec un sérieux professionnel, n'importe qui peut descendre sur ce bout de fleuve. L'habileté consiste à mener jusqu'au bout la voiture dans le même état qu'au départ. Parce que après, peut-être que tu vas te retrouver devant une route asphaltée, pas devant une plage comme ça, et que tu devras récupérer ta moyenne en fonçant. Je ne m'explique pas bien.

— Tu t'expliques très bien. Quelqu'un qui, par exemple, arriverait sur la plage, après la descente, avec les suspensions cassées, ce serait quelqu'un qui ne sait pas y faire.

Ils étaient arrivés au Bercail, Montalbano bifurqua sur la droite.

— Tu vois ce gros buisson ? C'est là qu'a été trouvé Luparello.

Ingrid ne dit rien, et ne manifesta guère de curiosité. Ils prirent le chemin ; ce soir-là, il n'y avait pas beaucoup de monde, et sous le mur de la vieille usine :

— Ici, la femme qui était avec Luparello a perdu le collier et a jeté le sac à main de l'autre côté du mur.

— Mon sac ?

— Oui.

— Ce n'était pas moi, murmura Ingrid. Et je te jure que je ne sais rien de cette histoire.

*
**

Quand ils arrivèrent devant chez Montalbano, Ingrid ne put descendre de la voiture, le commissaire dut lui passer un bras à la taille tandis qu'elle s'appuyait sur son épaule. A peine entrée, la jeune femme se laissa tomber sur le premier siège à sa portée.

— Bon Dieu ! Maintenant, ça fait vraiment mal.

— Va là-bas et enlève ton pantalon, comme ça je pourrai te bander.

Ingrid se leva avec un gémissement, et se mit à boitiller en se raccrochant aux meubles et aux murs.

Montalbano appela le commissariat. Fazio l'informa que le pompiste s'était souvenu de tout, il avait parfaitement identifié l'homme au volant, celui qu'on avait voulu tuer. Turi Gambardella, un des Cuffaro, CQFD.

— Galluzzo, continua Fazio, est allé chez Gambardella, sa femme dit qu'elle ne l'a plus vu depuis deux jours.

— J'aurais gagné mon pari, dit le commissaire.

— Parce que, d'après vous, j'aurais été assez con pour tomber dans le panneau ?

Il entendit que l'eau coulait dans la salle de bains, Ingrid devait appartenir à cette catégorie de femmes qui ne savent pas résister à la vue d'une douche. Il forma le numéro de Gegè, celui du téléphone mobile.

— Tu es seul ? Tu peux parler ?

— Pour être seul, je suis seul. Pour parler, ça dépend.

— Je dois te demander juste un nom. Un renseignement qui ne te compromet pas, c'est clair ? Mais je veux une réponse précise.

— Le nom de qui ?

Montalbano le lui expliqua et Gegè le lui livra sans difficulté, ce nom, et pour faire bon poids, il ajouta aussi le surnom.

*
\* \*

Ingrid s'était étendue sur le lit, elle avait sur elle une grande serviette qui la couvrait très peu.

— Excuse-moi, mais je ne réussis pas à rester debout.

Dans un placard de la salle de bains, Montalbano prit un tube de pommade et un rouleau de gaze.

— Donne-moi ta jambe.

Dans le mouvement, le minuscule slip se pointa, et un sein qu'on eût dit peint par un rapin qui s'y entendait en gigolettes montra un mamelon qui semblait regarder autour de lui, curieux de cet environnement inconnu. Cette fois encore, Montalbano comprit qu'il n'y avait aucune volonté de séduction chez Ingrid, et il lui en fut reconnaissant.

— Tu verras que d'ici peu, tu te sentiras mieux, lui dit-il après avoir enduit la cheville de pommade et l'avoir enveloppée de gaze. Durant tout ce temps, Ingrid ne l'avait pas quitté du regard.

— Tu as du whisky ? Apporte-m'en un demi-verre sans glace.

On eût dit qu'ils se connaissaient depuis toujours. Après lui avoir donné le verre, Montalbano prit un siège et s'assit à côté du lit.

— Tu sais quoi, commissaire ? dit Ingrid en le dévisageant — elle avait les yeux verts et ils resplendissaient. Tu es le premier vrai homme que je rencontre par ici, en cinq ans.

— Mieux que Luparello ?

— Oui.

— Merci. Maintenant, écoute mes questions.

— Vas-y.

Montalbano ouvrait la bouche quand il entendit la sonnerie de la porte. Il n'attendait personne ; il alla ouvrir, perplexe. Sur le seuil, Anna, en civil, lui souriait.

— Surprise !

Elle le contourna, entra.

— Merci de ton enthousiasme. Où étais-tu, toute la soirée ? Au commissariat, on m'a dit que tu étais là, je suis venue, il faisait tout noir, j'ai téléphoné au moins cinq fois, puis enfin, j'ai vu la lumière.

Elle fixa attentivement Montalbano qui n'avait pas ouvert la bouche.

— Qu'est-ce que tu as ? Tu es devenu muet ? Alors, écoute…

Elle s'interrompit. Par la porte de la chambre à coucher laissée ouverte, elle avait vu Ingrid, à demi nue, verre en main. D'abord, Anna pâlit, puis elle rougit violemment.

— Excusez-moi, marmonna-t-elle et elle se précipita hors de la maison.

— Cours-lui derrière ! lui cria Ingrid. Explique-lui tout ! Moi, je m'en vais.

Rageusement, Montalbano donna à la porte d'entrée un coup de pied qui fit vibrer les murs, tandis qu'on entendait repartir l'auto d'Anna, qui faisait crisser les pneus avec autant de rage qu'il avait mis à fermer la porte.

— Je ne lui dois aucune explication, merde !

— Je m'en vais ?

Ingrid s'était à demi levée du lit, ses seins triomphaient hors de la serviette de bain.

— Non. Mais couvre-toi.

— Excuse-moi.

Montalbano ôta sa veste et sa chemise, se mit un moment la tête sous l'eau du robinet, puis revint s'asseoir près du lit.

— Je veux tout savoir de l'histoire du collier.

— Donc, lundi dernier, Giacomo, mon mari, a été réveillé par un coup de fil que je n'ai pas compris, j'avais trop sommeil. Il s'est habillé en vitesse et il est sorti. Il est retourné au bout de deux heures et m'a demandé où était passé le collier, étant donné que depuis quelque temps il ne le voyait plus chez nous. Je ne pouvais pas lui répondre qu'il était dans le sac dans la villa de Silvio, s'il avait demandé à le voir, je n'aurais pas su quoi lui répondre. Donc, je lui ai dit que je l'avais perdu depuis au moins un an et que je ne le lui avais pas dit avant parce que j'avais peur qu'il se mette en colère, ce collier valait beaucoup d'argent, et surtout c'est lui qui me l'avait offert, en Suède. Alors Giacomo m'a fait mettre ma signature au bas d'une feuille blanche, c'était pour l'assurance, il m'a dit.

— Et l'histoire du Bercail, comment c'est venu ?

— Ah, ça, ça s'est passé après, quand il revenu pour le déjeuner. Il m'a expliqué que son avocat, Rizzo, lui avait dit que pour l'assurance, il fallait une explication plus convaincante de la disparition et il lui avait suggéré l'histoire du Percail.

— Du Bercail, la corrigea patiemment Montalbano, cette mauvaise prononciation le gênait.

— Bercail, Bercail, répéta Ingrid. Moi, sincèrement, l'histoire ne me satisfaisait pas, ça me semblait tordu, trop tiré par les cheveux. Alors Giacomo m'a fait remarquer qu'aux yeux de tous, moi, je passais pour une pute et donc c'était une chose vraisemblable qu'il me soit venu en tête de me faire conduire au Bercail.

— Je comprends.

— Mais moi, non, je ne comprends pas !

— Ils avaient en tête de te faire porter le chapeau.

— Je ne connais pas cette expression.

— Ecoute : Luparello meurt au Bercail pendant qu'il se trouve avec une femme qui l'a convaincu d'aller là, d'accord ?

— D'accord.

— Bien. Ils veulent faire croire que cette femme, c'est toi. Le sac est à toi, le collier est à toi, comme les vêtements chez Luparello, tu sais descendre le Canneto... Moi, je devrais arriver à une seule conclusion : cette femme s'appelle Ingrid Sjostrom.

— J'ai compris, dit-elle. (Elle garda le silence, les yeux fixés sur le verre qu'elle avait en main. Puis elle se secoua.) Ce n'est pas possible.

— Quoi ?

— Que Giacomo soit d'accord avec des gens qui veulent me faire porter le chapeau, comme tu dis.

— Peut-être qu'ils l'ont obligé à être d'accord. La situation économique de ton mari n'est pas des meilleures, tu le sais ?

— Lui, il ne m'en parle pas, mais je l'ai compris. Mais je suis sûre que s'il l'a fait, ce n'est pas pour l'argent.

— De ça, je suis presque convaincu, moi aussi.

— Et pourquoi, alors ?

— Il y aurait une autre explication, ce serait que ton mari a été contraint de t'impliquer pour sauver une personne qui lui tient plus à cœur que toi. Attends.

Il passa dans l'autre pièce, où, sur un petit bureau couvert de papiers, il prit le fax que lui avait expédié Nicolò Zito.

— Mais sauver une autre personne de quoi ? lui lança Ingrid dès qu'elle le vit revenir. Si Silvio est mort pendant qu'il faisait l'amour, ce n'est la faute de personne, il n'a pas été tué.

— Protéger non pas de la loi, mais du scandale.

La jeune femme se plongea dans la lecture du fax. Surprise d'abord puis toujours plus amusée, elle rit franchement à l'épisode du polo-club. Mais juste après, elle se rembrunit, laissa tomber la feuille sur le lit et pencha la tête sur le côté.

— C'est lui, demanda Montalbano, c'est ton beau-père que tu emmenais dans le pied-à-terre de Luparello ?

Pour répondre, Ingrid fit un effort visible.

— Oui. Et je vois qu'on en parle à Montelusa, bien que j'aie fait tout ce que je pouvais pour que ça ne se sache pas. C'est la chose la plus désagréable qui me soit arrivée en Sicile, de tout le temps que j'y ai été.

— Pas besoin que tu me racontes les détails.

— Je veux t'expliquer que c'est pas moi qui ai commencé. Il y a deux ans, mon beau-père devait participer à un congrès à Rome. Il nous a invités, Giacomo et moi, mais au dernier moment, mon mari n'a pas pu venir ; il a insisté pour que je parte, je n'y étais encore jamais allée, à Rome. Tout s'est bien passé, mais juste la dernière nuit, mon beau-père est entré dans ma chambre. Il avait l'air fou, j'ai cédé pour le faire tenir tranquille, il criait, me menaçait. Dans l'avion, durant le voyage de retour, par moments, il pleurait, il disait que ça ne se reproduirait jamais plus. Tu le sais, que nous habitons le même immeuble ? Bien. Un après-midi que mon mari était sorti et que j'étais au lit, il se présenta, comme cette nuit-là, il tremblait des pieds à la tête. Cette fois encore, j'ai eu peur, la bonne était à la cuisine… Le lendemain, j'ai dit à Giacomo que je voulais changer de maison. Lui, il tombait des nues, j'ai insisté, on s'est disputés. Je suis revenue plusieurs fois à la charge et lui, chaque fois, il refusait. Il avait raison, de son point de vue. Pendant ce temps, mon beau-père insistait, il m'embrassait, me touchait dès qu'il pouvait, au risque de se faire voir par sa femme, par Giacomo. C'est pour ça que j'ai prié Silvio de me prêter sa maison de temps en temps.

— Ton mari a des soupçons ?

— Je ne sais pas, j'y ai pensé. Certaines fois, j'ai l'impression que oui, d'autres, je me convaincs que non.

— Encore une question, Ingrid. Quand nous sommes arrivés au cap Massaria, pendant que tu ouvrais la porte, tu m'as dit que de toute façon, à l'intérieur, on ne trouverait rien. Et quand en fait tu as vu qu'à l'intérieur, il y avait tout et que tout était comme d'habitude, tu as été très surprise. Quelqu'un t'avait assuré que la maison de Luparello avait été nettoyée ?

— Oui, c'est Giacomo qui me l'avait dit.

— Mais alors, ton mari était au courant ?

— Attends, ne m'embrouille pas. Quand Giacomo m'a dit ce que je devais dire si les gens de l'assurance m'interrogeaient, c'est-à-dire que j'étais avec lui au Bercail, je me suis préoccupée d'une seule chose, à savoir que tôt ou tard, après la mort de Silvio, quelqu'un risquait de découvrir sa petite maison, et dedans, il y avait mes robes, mon sac et les autres choses.

— Qui aurait dû les découvrir, selon toi ?

— Mais, je ne sais pas, la police, sa famille… Je

dis tout à Giacomo, mais je lui racontai un mensonge, je ne lui parlai pas de son père, je lui fis comprendre que j'allais là avec Silvio. Le soir, il m'a dit que tout était arrangé, un ami allait s'en occuper, si quelqu'un retrouvait la villa, il ne verrait que des murs blancs. Et j'y ai cru. Qu'est-ce que tu as ?

La question prenait Montalbano au dépourvu.

— Comment, qu'est-ce que j'ai ?

— Tu te touches sans arrêt la nuque.

— Ah oui. Ça me fait mal. Ça doit être quand nous sommes descendus par le Canneto. Et ta cheville, comment elle va ?

— Mieux, merci.

Ingrid se mit à rire, elle changeait brusquement d'humeur, comme une gamine.

— Qu'est-ce qui te fait rire ?

— Ta nuque, ma cheville... On dirait deux patients à l'hôpital.

— Tu te sens le courage de te lever ?

— Si ça ne tenait qu'à moi, je resterais ici jusqu'à demain matin.

— Nous avons encore à faire. Tu te sens de te lever ?

## 14

La sole rouge d'Ingrid était encore garée devant le bar Marinella ; visiblement, on l'avait jugée trop encombrante pour la voler, il n'y en avait pas tant que ça à Montelusa et dans la province.

— Prends ta bagnole et suis-moi, dit Montalbano. On retourne au cap Massaria.

— Oh là là ! Quoi faire ? ronchonna Ingrid, elle n'avait aucune envie d'y aller et le commissaire la comprenait très bien.

— C'est dans ton intérêt.

*
* *

A la lumière des phares, aussitôt éteints, le commissaire s'aperçut que le portail de la villa était ouvert. Il descendit, s'approcha de l'auto d'Ingrid.

— Attends-moi ici. Eteins tes phares. Tu te souviens si quand nous sommes partis, nous avons fermé le portail ?

— Je ne me rappelle pas bien, mais il me semble que oui.

— Fais demi-tour, le plus silencieusement possible. (La jeune femme s'exécuta, le museau de la voiture pointait maintenant vers la route provinciale.) Ecoute-moi bien. Moi, je vais en bas, et toi tu restes là, à tendre les oreilles ; si tu m'entends crier ou que tu remarques quelque chose qui ne te plaît pas, tu n'y réfléchis pas deux fois, tu pars, tu rentres chez toi.

— Tu penses que là-dedans, il y a quelqu'un ?

— Je ne sais pas. Fais comme je te dis.

Dans sa voiture, il prit le sac à main mais aussi son pistolet. En essayant de marcher le plus légèrement possible, il descendit l'escalier, la porte d'entrée s'ouvrit cette fois sans bruit ni résistance. Pistolet au poing, il passa le seuil. Le salon était en quelque manière légèrement illuminé par le reflet de la mer. D'un coup de pied, il ouvrit grande la porte de la salle de bains, puis les autres, une à une ; il se sentait dans la peau d'un héros de certains téléfilms américains, version comique. Il n'y avait personne dans la maison, et pas trace non plus du passage de quelqu'un, il ne lui en fallut pas plus pour se persuader que le portail, c'était lui-même qui avait oublié de le fermer.

Il ouvrit la porte-fenêtre du salon, baissa les yeux. A cet endroit, le cap Massaria surplombait la mer comme une proue de navire. Là-dessous, l'eau devait être très profonde. Il lesta le sac de couverts d'argent et d'un lourd cendrier de cristal, le fit tournoyer au-dessus de sa tête et le balança au-dehors, on ne le trouverait pas si facilement. Puis, dans l'armoire de la chambre à coucher, il prit tout ce qui appartenait à Ingrid, sortit, pensa à vérifier que la porte d'entrée était bien fermée. Dès qu'il émergea de l'escalier, il fut assailli par la lumière des phares de l'auto d'Ingrid.

— Je t'avais dit de les garder éteints. Et pourquoi tu as remis la voiture dans ce sens ?

— S'il y avait des problèmes, ça ne me plaisait pas de te laisser seul.

— Voilà tes vêtements.

Elle les prit, les mit sur le siège d'à côté.

— Et le sac ?

— Je l'ai jeté à la mer. Maintenant, retourne chez toi. Ils n'ont plus rien en main pour te faire porter le chapeau.

Ingrid descendit, s'approcha de Montalbano, le serra dans ses bras. Elle resta un moment ainsi, la tête sur sa poitrine. Puis, sans un regard, elle remonta en voiture, passa une vitesse, partit.

*
**

Juste à l'embouchure du pont sur le Canneto, une automobile arrêtée obstruait à peu près la route et un homme debout, coudes posés sur le toit, les mains sur le visage, oscillait légèrement.

— Qu'est-ce qu'il y a ? lança Montalbano en freinant.

L'homme se retourna, il avait le visage couvert du sang qui lui coulait d'une large blessure au visage.

— Un cornard, répondit-il.

— Je n'ai pas compris, expliquez-vous mieux.

Montalbano descendit de la voiture, s'approcha.

— Je roulais tranquille comme Baptiste, un fils de pute me dépasse, il manque me foutre hors de la route. Alors, je me suis énervé, et je me suis mis à lui courir au cul, en klaxonnant, les phares allumés. L'autre, à un certain moment, il freine, en se mettant en travers. Il est descendu, il avait une chose à la main que j'ai pas compris, j'ai eu les chocottes en pensant à une arme, il est venu vers moi, j'avais la glace abaissée, et il fait ni une ni deux, il me balance un grand coup de cette chose que j'ai compris que c'était une clé anglaise.

— Vous avez besoin d'aide ?

— Non, le sang est en train de s'arrêter de couler.

— Vous voulez porter plainte ?

— Ne me faites pas rire, que ça me fait mal à la tête.

— Vous désirez que je vous accompagne à l'hôpital ?

— Est-ce que vous voulez bien, s'il vous plaît, vous mêler de vos oignons ?

*
**

Ça faisait combien de temps qu'il ne s'était pas fait une vraie nuit de sommeil comme il plaît à Dieu de nous les accorder ? Maintenant, il y avait cette putain de douleur, qui lui collait sur l'arrière du cou, qui lui foutait pas la paix une seconde, qui continuait, qu'il soit couché sur le ventre ou bien la panse à l'air, ça faisait pas de différence, la douleur s'obstinait, sournoise, par en dessous, sans accès aigus, ce qui était peut-être pire.

Il alluma, il était quatre heures. Sur la table de nuit, il y avait encore la pommade et le rouleau de gaze dont il s'était servi pour Ingrid. Il les rafla, et devant le miroir de la salle de bains se passa sur la nuque un peu de pommade, de quoi le soulager, et puis, avec la gaze, il se banda le cou, la fixa avec un bout de sparadrap. Le bandage, il l'avait peut-être trop serré, il avait du mal à tourner la tête. Il se regarda dans le miroir. Et ce fut alors qu'un flash aveuglant lui explosa dans le cerveau, obscurcissant jusqu'à la lumière de la salle de bains, il lui sembla être devenu un personnage de bandes dessinées qui avait les yeux à rayons X, qui réussissaient à voir jusqu'au fond des choses.

Au collège, il avait eu un vieux prêtre enseignant de religion.

— La vérité est lumière, avait-il dit un jour.

Montalbano, élève du genre feignasse et casse-pieds, était toujours au dernier rang.

— Alors, ça veut dire que dans une famille où ils disent tous la vérité, ils font des économies d'électricité.

Tel avait été son commentaire à haute voix, et il avait été mis à la porte de la classe.

Maintenant, à plus de trente ans de son forfait, il présenta mentalement ses excuses au vieux curé.

*
**

— Quelle sale tête vous avez ! s'exclama Fazio en le voyant arriver au commissariat. Vous vous sentez pas bien ?

— Lâche-moi la grappe, rétorqua Montalbano. Des nouvelles de Gambardella ? Vous l'avez trouvé ?

— Rien. Disparu. Moi, je me suis fait l'idée qu'on va le retrouver au fin fond de la cambrousse bouffé par les chiens.

Mais il y avait quelque chose dans la voix du brigadier qui ne lui plaisait pas, il le connaissait depuis trop longtemps.

— Qu'est-ce qu'il y a ?

— Il y a que Gallo est allé aux urgences, il s'est fait mal au bras, rien de sérieux.

— Comment ça s'est passé ?

— Avec la voiture de service.

— Il fonçait ? Il est rentré dans quelque chose ?

— Oui.

— Bon, tu accouches, oui, ou il te faut une sage-femme ?

— Eh ben, je l'ai envoyé d'urgence au marché du village, il y avait une petite bagarre, il est parti à toute blinde, vous savez comment il est, il a dérapé, et il est allé finir contre un poteau. La voiture, ils l'ont remorquée jusqu'à notre dépôt de Montelusa, ils nous en ont donné une autre.

— Dis-moi la vérité, Fazio : on lui avait crevé les pneus ?

— Oui.

— Et Gallo a pas reluqué avant, comme je vous ai recommandé mille fois de le faire ? Vous voulez le comprendre, oui ou non, que nous crever les pneus, c'est le sport national dans ce putain de pays ? Dis-lui de ne pas se présenter aujourd'hui au bureau parce que si je le vois, je lui botte le cul.

Il claqua la porte de son bureau, il était vraiment en colère, il chercha dans une boîte de fer-blanc où il gardait vraiment de tout, depuis les timbres jusqu'aux boutons tombés, trouva la clé de la vieille usine, s'en alla sans dire au revoir.

*
* *

Assis sur la poutre pourrie près de laquelle il avait trouvé le sac d'Ingrid, il fixait ce qui l'autre fois lui était apparu comme un objet indéfinissable, une espèce de manchon de raccord pour tuyaux, et qu'à présent, il identifiait clairement : un collier orthopédique, quasiment neuf, quoiqu'on comprît qu'il avait servi. Par une forme d'autosuggestion, la nuque recommença à lui faire mal. Il se leva, prit le collier, sortit de la vieille usine, retourna au commissariat.

*
* *

— Commissaire ? Stefano Luparello à l'appareil.

— Je vous écoute, ingénieur.

— L'autre jour, j'ai prévenu mon cousin Giorgio que vous vouliez le voir ce matin à dix heures. Mais il y a juste cinq minutes, ma tante, sa mère, m'a téléphoné. Je ne crois pas que Giorgio pourra venir vous trouver, comme il était dans ses intentions.

— Que s'est-il passé ?

— Je ne sais pas précisément, mais il semble que cette nuit, il ait été toute la nuit dehors, c'est ce qu'a dit la tante. Il vient juste de rentrer, vers neuf heures, et dans un état pitoyable.

— Excusez-moi, ingénieur, mais il me semble que votre mère m'avait dit qu'il dormait chez vous.

— C'était vrai, mais jusqu'à la mort de mon père, après il a déménagé chez lui. Chez nous, sans papa, il se sentait mal à l'aise. En tout cas, ma tante a appelé le médecin qui lui a fait une injection séda-tive. Lui, il était très attaché à papa.

— Je l'ai compris. Dites-lui, si vous voyez votre cousin, que j'aurais vraiment besoin de lui parler. Mais inutile de le bousculer, rien d'important, quand il pourra.

— Certainement. Ah, ma mère, qui est à côté de moi, me dit de vous saluer.

— Moi de même. Dites-lui que je… votre mère est une femme extraordinaire, ingénieur. Dites-lui que j'ai beaucoup de respect pour elle.

— Je le lui dirai, merci.

\*
\*\*

Montalbano passa encore une heure à signer divers papiers et à en remplir. C'étaient des ques-tionnaires du ministère, aussi complexes qu'inutiles. Galluzzo, très agité, non content de ne pas frapper, ouvrit si violemment la porte qu'elle alla battre contre la cloison.

— Putain, merde ! Qu'est-ce que c'est ?

— Je viens de l'apprendre juste à la seconde d'un collègue de Montelusa. Ils ont tué maître Rizzo. On lui a tiré dessus. Ils l'ont trouvé à côté de son auto, au lieu-dit San Giusippuzzu. Si vous voulez, je me renseigne mieux.

— Laisse tomber, j'y vais.

Montalbano jeta un coup d'œil à sa montre, il était onze heures, il sortit en courant.

*
* *

Chez Saro, personne ne répondait. Montalbano cogna la porte à côté, et une petite vieille vint ouvrir, la mine belliqueuse.

— C'est pour quoi ? C'est des manières, de déranger comme ça ?

— Pardonnez-moi, madame, je cherchais M. et Mme Montaperto.

— Monsieur et madame ? rétorqua-t-elle en dialecte pur. Tu parles de messieurs ! Mais ces gens, c'est rien que des traîne-misère, des ramasse-poubelles ! *Chiddri munnizzari vastasi sunnu !*

Ça ne gazait pas fort entre les deux familles.

— Vous êtes qui, vous ? reprit-elle.

— Je suis un commissaire de la Sécurité publique.

Le visage de la femme s'illumina, elle se mit à

pousser des cris où pointaient des notes aiguës de satisfaction.

— Turiddru ! Turiddru ! Arrive, boulègue-toi !

— Qu'est-ce qui fut ? lança un vieux très maigre en apparaissant.

— Ce monsieur, commissaire, il est ! Tu vois que j'avais raison ? Tu vois que les gardes les cherchent ? Tu vois que c'étaient des gens pas propres ? Tu vois qu'ils se sont escampés pour pas finir à l'ombre ?

— Ils se sont enfuis quand, madame ?

— Pas même une heure, il y a. Avec le minot. Si vous leur courez après, peut-être que vous les rattrapez juste juste.

— Merci, madame, je me lance à leur poursuite.

Saro, sa femme et le petit s'en étaient sortis.

*
* *

Le long de la route pour Montelusa, il fut arrêté à deux reprises, d'abord par une patrouille de chasseurs alpins et puis par une de carabiniers. Le pire fut sur la route San Giusippuzzu, pratiquement entre les barrages et les contrôles, il lui fallut trois quarts d'heure pour faire même pas cinq kilomètres. Sur les lieux, il y avait le questeur, le colonel des carabiniers, toute la questure de Montelusa au complet. Et aussi Anna, qui fit semblant de ne pas le voir. Jacomuzzi regardait autour de lui, en quête de quelqu'un à qui tout raconter par le menu. A peine eut-il aperçu Montalbano qu'il courut au-devant de lui.

— Une exécution en bonne et due forme, sans pitié.

— Ils étaient combien ?

— Un seul, du moins à tirer, il y en a eu un seul. Le pauvre avocat est sorti de son cabinet à six heures et demie ce matin, il a pris quelques papiers et il s'est dirigé vers Tabbìta, il avait un rendez-vous avec un client. Du cabinet, il est parti seul, ça, c'est certain, mais en route, il a pris à bord quelqu'un de connaissance.

— Peut-être quelqu'un qui lui a demandé de le mener quelque part.

Jacomuzzi rit à gorge déployée, au point que quelques personnes se retournèrent pour le regarder.

— Et toi, tu te le vois, Rizzo, avec toutes les responsabilités qu'il a sur le dos, prendre tranquillement dans sa voiture un inconnu ? Mais il devait surveiller même son ombre ! Tu le sais mieux que moi que derrière Luparello, il y avait Rizzo. Non, non, c'est sûr, c'est quelqu'un qu'il connaissait, certainement un mafieux.

— Un mafieux, tu dis ?

— La main sur le feu. La mafia a monté la mise, elle demande toujours plus, et les hommes politiques ne sont pas toujours en position de satisfaire les demandes. Mais il y a aussi une autre hypothèse.

Il aura commis une erreur, maintenant qu'il se sentait plus fort après la nomination de l'autre jour. Et ils ne lui ont pas pardonné.

— Jacomuzzi, je te félicite, ce matin, tu es particulièrement lucide, on voit que tu as fait un bon caca. Comment fais-tu pour être aussi sûr de ce que tu dis ?

— A la façon dont il l'a tué. D'abord, il lui a explosé les couilles à coups de pied, puis il l'a fait agenouiller, lui a collé l'arme contre la nuque et a tiré.

Instantanément, sur l'arrière de la tête de Montalbano, une douleur pointa.

— C'était quoi, comme arme ?

— Pasquano dit qu'à vue de nez, en considérant l'orifice d'entrée et celui de sortie, et le fait que le canon était pratiquement contre la peau, il doit s'agir d'un 7,65.

— *Dottore* Montalbano !

— Il y a le questeur qui t'appelle, dit Jacomuzzi, et il s'éclipsa.

Le questeur tendit la main à Montalbano, ils se sourirent.

— Qu'est-ce que vous faites là ?

— En fait, monsieur le questeur, j'allais m'en aller. J'étais à Montelusa, j'ai appris la nouvelle et je suis venu par simple curiosité.

— A ce soir, alors. Ne nous faites pas faux bond, n'est-ce pas, ma femme compte sur vous.

*
* *

C'était une supposition, rien qu'une supposition, mais si peu solide que s'il s'était arrêté un instant à bien la considérer, elle se serait promptement évaporée. Pourtant, il appuyait à fond sur l'accélérateur et à un barrage, il faillit se faire tirer dessus. Arrivé au cap Massaria, sans même prendre la peine de couper le contact, il bondit hors de l'auto en laissant la porte grande ouverte, ouvrit avec facilité le portail puis la porte d'entrée et courut dans la chambre. Dans le tiroir de la table de nuit, le pistolet n'était plus là. Il s'insulta violemment, il avait été con, il était revenu deux fois dans cette maison avec Ingrid et ne s'était jamais inquiété de vérifier si l'arme était toujours à sa place, jamais, pas même quand il avait trouvé le portail ouvert : il s'était tranquillisé en se persuadant que c'était lui-même qui avait oublié de le fermer.

*
* *

« Maintenant, je me mets à rousiner », pensa-t-il dès qu'il fut chez lui.

« Rousiner », c'était un verbe qui lui plaisait, il signifiait se mettre à virer et tourner d'une pièce à l'autre sans but précis, tout en s'occupant de choses futiles. Et ainsi fit-il, il rangea les livres, mit de l'ordre sur le bureau, redressa un dessin sur le mur, nettoya la cuisinière à gaz. Il rousina. Il n'avait pas d'appétit, il n'était pas allé au restaurant et n'avait pas même ouvert le réfrigérateur pour voir ce qu'Adelina lui avait préparé.

Il avait, comme d'habitude, en entrant, allumé la télévision. La première nouvelle que le speaker de *Televigàta* lui donna concernait les détails de l'assassinat de maître Rizzo. Les détails, parce que la nouvelle proprement dite avait été déjà fournie dans un bulletin spécial. Le journaliste ne nourrissait aucun doute, l'avocat avait été cruellement assassiné par la mafia, qu'avait effrayée l'accession de sa victime à un poste de haute responsabilité politique, poste d'où l'avocat aurait pu développer la lutte contre la criminalité organisée. Car tel était le mot d'ordre du renouveau : guerre sans quartier à la mafia. Nicolò Zito, lui aussi, précipitamment rentré de Palerme, parlait de mafia sur *Retelibera*, mais il le faisait d'une manière si tordue qu'on ne comprenait rien à ce qu'il racontait. Entre les lignes, ou plutôt entre les paroles, Montalbano devina que Zito pensait à un brutal règlement de comptes, mais il ne le disait pas ouvertement, il craignait qu'un nouveau procès s'ajoute à la centaine qu'il avait déjà contre lui.

Puis Montalbano se fatigua de ces bavardages à vide, il éteignit le téléviseur, ferma les volets pour laisser au-dehors la lumière du jour, se jeta sur le lit tout habillé, en se recroquevillant. Il avait envie de se donner son paquet. Autre expression qui lui plaisait, elle signifiait autant flanquer une raclée qu'éloigner de la société civile. En cet instant, pour Montalbano, les deux sens étaient aussi valables l'un que l'autre.

## 15

Plus qu'une recette nouvelle de cuisson des poulpes, l'invention de Mme Elisa, épouse du questeur, sembla au palais de Montalbano une inspiration divine. Il s'en resservit d'abondance une deuxième fois et quand il se vit sur le point de finir, il ralentit le rythme de la mastication, pour prolonger, ne fût-ce qu'un peu, le plaisir que le plat lui procurait. Mme Elisa le regardait d'un air heureux : comme toute bonne cuisinière, elle jouissait de l'expression extatique qui se formait sur le visage des commensaux en train de goûter un de ses plats. Et Montalbano, grâce à l'expressivité de son visage, comptait au nombre de ses invités préférés.

— Merci, vraiment, merci, lui dit à la fin le commissaire, et il soupira.

Les poulpes avaient en partie opéré une sorte de miracle ; en partie, parce que, si à présent Montalbano se sentait en paix avec Dieu et les hommes, il était cependant vrai qu'il continuait à l'être bien peu avec lui-même.

A la fin du dîner, madame débarrassa les plats en mettant sagement sur la table une bouteille de Chivas pour le commissaire et une d'amaro pour son mari.

— Vous, maintenant, vous vous mettez à parler de vos morts tués pour de bon, moi je vais à côté regarder les faux morts à la télévision, je les préfère.

C'était un rite qui se répétait au moins une fois tous les quinze jours. Montalbano avait de la sympathie pour le questeur et sa femme — sentiment que le questeur et sa femme payaient largement de retour. Le questeur était un homme fin, cultivé et réservé, presque un personnage d'une autre époque.

Ils parlèrent du désastre de la situation politique, des périls inconnus que le chômage croissant réservait au pays, de la situation sinistrée de l'ordre public. Puis le questeur passa à une question directe.

— Voulez-vous m'expliquer pourquoi vous n'en avez pas encore fini avec Luparello ? Aujourd'hui, j'ai reçu un coup de fil inquiet de Lo Bianco.

— Il était en colère ?

— Non, seulement inquiet. Perplexe, plutôt. Il ne parvient pas à s'expliquer pourquoi vous laissez traîner les choses. Et moi non plus, à la vérité. Ecoutez, Montalbano, vous me connaissez et vous savez que jamais je ne me permettrais de faire la moindre pression sur un de mes fonctionnaires pour qu'il décide dans un sens ou dans un autre.

— Je le sais très bien.

— Et alors, si je suis là à vous le demander, c'est par curiosité personnelle, comprenez-vous ? Je suis en train de parler à mon ami Montalbano, notez bien. A un ami dont je connais l'intelligence, la perspicacité et surtout la politesse dans les rapports humains, qualité fort rare au jour d'aujourd'hui.

— Je vous remercie, monsieur le questeur, et je serai sincère comme vous le méritez. Ce qui tout de suite m'a interloqué, dans cette affaire, ce fut le lieu de découverte du cadavre. Cela détonnait, mais vraiment beaucoup, de manière stridente, avec la personnalité et le comportement de Luparello, homme avisé, prudent, ambitieux. Je me suis demandé : Mais pourquoi avoir fait cela ? Pourquoi est-il allé jusqu'au Bercail pour un rapport sexuel qui devenait très dangereux dans cet environnement, au point de menacer son image ? Je n'ai pas trouvé de réponse. Voyez-vous, monsieur le questeur, c'était comme si, toutes proportions gardées, le président de la République était mort d'infarctus en dansant le rock dans une discothèque de troisième ordre.

Le questeur leva une main pour l'arrêter.

— Votre comparaison n'est pas juste, observa-t-il avec un sourire qui n'en était pas un. Nous avons eu récemment un certain ministre qui s'est déchaîné sur les pistes de night-clubs de deuxième ou troisième ordre, et il n'en est pas mort.

Le « hélas » qu'il était clairement sur le point d'ajouter se perdit entre ses lèvres.

— Mais le fait demeure, poursuivit opiniâtrement Montalbano. Et cette première impression m'a été confirmée par la veuve de l'ingénieur.

— Vous l'avez rencontrée ? Un cerveau, cette dame.

— C'est elle qui a demandé à me voir, après que vous lui avez parlé de moi. Lors d'une entrevue, hier, elle m'a dit que son mari avait un pied-à-terre au cap Massaria et elle m'en a fourni les clés. Donc quelles raisons avait-il d'aller s'exposer dans un coin comme le Bercail ?

— Je me le suis demandé moi aussi.

— Admettons, juste un instant, par amour de la discussion, qu'il y soit allé, qu'il se soit laissé convaincre par une femme à l'extraordinaire pouvoir de persuasion. Une femme qui n'était pas de l'endroit, qui l'a emmené là en lui faisant suivre un parcours absolument impraticable. Conservez à l'esprit que la femme conduisait.

— Une route impraticable, dites-vous ?

— Oui, non seulement j'ai des témoignages précis à ce sujet, mais en plus, cette route, je l'ai fait faire par mon brigadier et je l'ai parcourue moi-même. La voiture a carrément suivi le lit à sec du Canneto, en se démolissant les suspensions. Aussitôt la voiture arrêtée quasiment au milieu d'un gros buisson du Bercail, la femme monte sur l'homme qu'elle a à ses côtés et commence à faire l'amour. Et c'est durant cet acte que l'ingénieur a le malaise qui l'entraîne dans la mort. Mais la femme ne crie pas, elle ne demande pas de secours : avec une froideur glaçante, elle descend de la voiture, remonte lentement le chemin qui conduit à la route provinciale, monte dans une automobile qui surgit, et disparaît.

— Tout cela, certes, est très étrange. La femme a demandé qu'on l'emmène ?

— Il ne semblerait pas, vous avez mis dans le mille. J'ai là-dessus un autre témoignage. L'auto qui l'a prise à bord est arrivée à toute allure, carrément avec la portière ouverte, la personne au volant savait qui elle devait rencontrer et faire monter à bord sans perdre une minute.

— Pardonnez-moi, commissaire, mais vous, ces témoignages, vous les avez fait mettre sur procès-verbal ?

— Non. Il n'y avait pas de raison. Vous savez, une donnée est certaine : l'ingénieur est mort de mort naturelle. Officiellement, je n'ai aucun motif de mener une enquête.

— Eh bien, si les choses sont comme vous dites, il

y aurait par exemple la non-assistance en personne en danger.

— Vous êtes d'accord avec moi que c'est une idiotie ?

— Oui.

— Bien. J'en étais à ce point, quand Mme Luparello m'a fait remarquer une chose fondamentale, à savoir que son mari, quand il était mort, avait mis son caleçon à l'envers.

— Attendez, dit le questeur, calmons-nous une seconde. Comment la dame pouvait-elle savoir que le mari avait le caleçon à l'envers, s'il l'était vraiment ? Pour autant que je sache, elle ne s'est pas rendue sur les lieux et n'était pas présente pendant les relevés de la Scientifique.

Montalbano s'inquiéta, il avait parlé sans réfléchir, sans tenir compte qu'il lui fallait éviter de mouiller Jacomuzzi, qui avait remis les photos à la dame. Mais il n'y avait pas moyen de botter en touche.

— Elle avait les photos prises par la Scientifique, je ne sais pas comment elle les avait obtenues.

— Peut-être que je le sais, moi, dit le questeur en se rembrunissant.

— Elle les avait examinées soigneusement, à la loupe, elle me les a fait voir, elle avait raison.

— Et sur cette circonstance, elle s'était fait une opinion ?

— Certainement. Elle est partie de la prémisse que si son mari, par hasard, en s'habillant, s'était mis le caleçon du mauvais côté, inévitablement, au cours de la journée, il aurait dû s'en apercevoir. Il était obligé d'uriner plusieurs fois par jour, il prenait des diurétiques. Donc, en partant de cette hypothèse, elle pense que l'ingénieur, surpris dans une circonstance pour le moins embarrassante, a été contraint de se rhabiller en hâte et de se rendre au Bercail, où, toujours selon Mme Luparello, il aurait été compromis de manière irrémédiable, de manière à le faire retirer de la politique. De ce point de vue, il y a plus.

— Ne m'épargnez rien.

— Les deux balayeurs qui ont trouvé le corps, avant d'avertir la police, se sont senti en devoir d'appeler l'avocat Rizzo, qu'ils savaient être l'alter ego de Luparello. Eh bien, Rizzo non seulement n'a pas montré de surprise, d'étonnement, de stupeur, d'inquiétude, d'alarme, rien, mais en plus, il a invité les deux hommes à signaler tout de suite le fait.

— Et cela, comment le savez-vous ? Vous avez fait une écoute téléphonique ? lança le questeur, effaré.

— Pas la moindre, c'est la transcription fidèle du bref échange exécutée par un des deux balayeurs. Il l'a faite pour des raisons qu'il serait long d'expliquer.

— Il méditait un chantage ?

— Non, il méditait l'écriture d'une œuvre théâtrale. Croyez-moi, il n'avait aucune intention de commettre un délit. Et ici, nous entrons dans le vif du sujet, c'est-à-dire Rizzo.

— Attendez. J'étais de nouveau décidé, ce soir, à trouver le moyen de vous blâmer. Pour votre volonté, souvent, de compliquer les choses simples. Vous avez sûrement lu *Candido* de Sciascia. Vous vous rappelez qu'à un certain moment, le personnage principal affirme qu'il est possible que les choses soient presque toujours simples ? Cela, je tenais à vous le rappeler.

— Oui, mais écoutez, Candido dit « presque toujours », pas « toujours ». Il admet des exceptions. Et l'affaire Luparello est une de celles où les choses sont arrangées de manière à paraître simples.

— Alors qu'elles sont compliquées ?

— Elles le sont beaucoup. A propos de *Candido*, vous vous souvenez du sous-titre ?

— Certes, *Un rêve fait en Sicile*.

— Voilà. Ici, en fait, nous sommes dans une espèce de cauchemar. Je hasarde une hypothèse qui trouvera difficilement sa confirmation, maintenant que Rizzo a été tué. Donc, dimanche en fin d'après-midi, vers sept heures, l'ingénieur avertit par téléphone sa femme qu'il rentrera très tard, il a une réunion politique importante. En fait, il se rend à sa villa du cap Massaria pour une rencontre amoureuse. Je vous dis tout de suite qu'une enquête éventuelle sur la personne avec qui était l'ingénieur présenterait beaucoup de difficultés, parce que Luparello était ambidextre.

— Pardon ? Qu'est-ce que ça veut dire ? Chez moi, ambidextre, ça veut dire quelqu'un qui sait utiliser aussi bien le membre droit — bras ou jambe — que le gauche.

— On l'utilise improprement pour parler de quelqu'un qui va aussi bien avec un homme qu'avec une femme.

La mine fort sérieuse, ils avaient l'air de deux professeurs en train de compiler un nouveau dictionnaire.

— Mais que me racontez-vous là !? se récria le professeur, abasourdi.

— C'est Mme Luparello qui ne me l'a que trop clairement fait comprendre. Et elle n'avait aucune raison de me raconter des balivernes, surtout en ce domaine.

— Vous êtes allé à cette villa.

— Oui. Tout avait été nettoyé à la perfection. Il y a là des choses qui appartenaient à l'ingénieur et rien d'autre.

— Développez votre hypothèse.

— Durant l'acte sexuel, ou juste après, comme il est probable d'après les traces de sperme découvertes, Luparello meurt. La femme qui est avec lui…

— Halte ! ordonna le questeur. Comment pouvez-vous dire avec tant d'assurance qu'il s'agit d'une femme ? Vous-même venez à peine de m'exposer l'horizon sexuel, plutôt vaste, de l'ingénieur.

— Je vous dirai tout à l'heure pourquoi j'en suis sûr. La femme, donc, dès qu'elle comprend que son amant est mort, perd la tête, ne sait que faire, elle s'agite sans réfléchir, elle perd même le collier qu'elle portait, et ne s'en aperçoit pas. Puis elle se calme et comprend que la seule chose qu'elle peut faire, c'est téléphoner à Rizzo, le père Joseph de Luparello, pour lui demander de l'aide. Rizzo lui dit d'abandonner tout de suite la maison, il lui suggère de cacher la clé de manière qu'il puisse la récupérer et il la rassure, il va s'occuper de tout, personne ne sera au courant de cette rencontre si tragiquement conclue. Rassurée, la femme sort de scène.

— Comment ça, elle sort de scène ? Ce n'est pas une femme qui a conduit Luparello au Bercail ?

— Oui et non. Je poursuis. Rizzo se précipite au cap Massaria, rhabille en toute hâte le cadavre, il a l'intention de le transporter au-dehors et de le faire retrouver en un lieu moins compromettant. Mais, à ce point, il voit par terre le collier et découvre dans l'armoire les vêtements de la femme qui lui a téléphoné. Alors, il comprend que ce jour peut devenir son jour de chance.

— En quel sens ?

— Dans le sens qu'il est en mesure d'avoir à sa main tout le monde, amis et ennemis, en devenant numéro un du parti. La femme qui lui a téléphoné est Ingrid Sjostrom, une Suédoise, femme du fils du docteur Cardamone, successeur naturel de Luparello, un homme qui ne voudra certainement rien partager avec Rizzo. Maintenant, vous comprenez, un coup de fil, c'est une chose, la preuve sans appel que la Sjostrom était la maîtresse de Luparello, c'en est une autre. Mais il y a plus encore à faire. Rizzo comprend que ceux qui se jetteront les premiers sur l'héritage politique de Luparello, ce seront les amis de celui-ci, donc, pour les éliminer, il convient de faire en sorte qu'ils aient honte de brandir le drapeau de l'ingénieur. Il faut que celui-ci soit totalement compromis, couvert de boue. Il lui vient la bonne idée de le faire découvrir au Bercail. Et puisqu'elle est dans le coup, pourquoi ne pas faire croire que la femme qui a voulu aller au Bercail avec Luparello, c'est justement Ingrid Sjostrom, une étrangère, aux mœurs certes point monacales, en quête de sensations fortes ? Si la mise en scène fonctionne, Cardamone est à sa botte. Il téléphone à deux de ses hommes, que nous savons, sans réussir à le prouver, spécialistes des sales boulots sanglants. L'un d'eux s'appelle Angelo Nicotra, c'est un homosexuel, mieux connu dans son milieu sous le nom de Marilyn.

— Comment faites-vous pour connaître même son nom ?

— Un de mes informateurs me l'a dit, quelqu'un en qui j'ai une confiance absolue. Nous sommes, en un certain sens, amis.

— Gegè ? Votre vieux camarade de classe ? (Montalbano, bouche bée, contempla le recteur.) Pourquoi me regardez-vous ainsi ? Moi aussi, je suis flic. Continuez.

— Quand ses hommes arrivent, Rizzo fait habiller Marilyn en femme, lui fait mettre le collier, lui dit de porter le corps au Bercail à travers une route impraticable, le lit à sec d'un fleuve.

— Qu'est-ce qu'il cherchait par là ?

— Une preuve de plus contre la Sjostrom, qui est une championne automobile et qui sait comment faire cette route.

— Vous en êtes sûr ?

— Oui. J'étais en voiture avec elle quand je lui ai fait parcourir le lit du fleuve.

— Oh mon Dieu ! gémit le questeur. Vous l'avez obligée ?

— Je n'y ai pas songé une seconde ! Elle était complètement d'accord.

— Voulez-vous me dire combien de personnes vous avez impliquées ? Vous rendez-vous compte que vous jouez avec un matériel explosif ?

— La chose finit comme une bulle de savon,

croyez-moi. Donc, pendant que ses deux hommes s'en vont avec le corps, Rizzo, qui s'est emparé des clés qu'avait avec lui Luparello, Rizzo retourne à Montelusa et n'a aucun mal à s'emparer des papiers confidentiels de l'ingénieur qui l'intéressent le plus. Pendant ce temps, Marilyn exécute parfaitement les ordres, il sort de la voiture après avoir mimé le coït, s'éloigne et à la hauteur d'une vieille usine abandonnée, cache le collier près du buisson et jette le sac derrière le mur d'enceinte.

— De quel sac parlez-vous ?

— Le sac de Mme Sjostrom, il y a même ses initiales, il l'a trouvé par hasard dans la villa et a pensé à s'en servir.

— Expliquez-moi comment vous êtes arrivé à ces conclusions.

— Voyez-vous, Rizzo joue avec une carte découverte, le collier et une autre couverte, le sac. La découverte du collier, de quelque manière qu'elle arrive, démontrera qu'Ingrid était au Bercail au moment même où mourait Luparello. Si par hasard quelqu'un empochait le collier et ne disait rien, il lui restait à jouer la carte du sac. En fait, il a de la chance, de son point de vue, le collier est retrouvé par un des balayeurs qui me le remet. Rizzo justifie la découverte avec une excuse qui, au fond, est plausible, mais en attendant, il a établi le triangle Sjostrom-Luparello-Bercail. Le sac, en fait, c'est moi qui l'ai trouvé, à cause de la différence entre les deux témoignages, à savoir que la femme, quand elle est sortie de la voiture de l'ingénieur, avait en main un sac qu'au contraire elle n'avait plus quand sur la provinciale, une auto est venue la prendre. Pour abréger, ses deux hommes retournent à la villa, mettent tout en ordre, lui redonnent les clés. Aux premières lueurs de l'aube, Rizzo téléphone à Cardamone et commence à bien jouer ses cartes.

— Oui, en effet, mais il commence aussi à jouer sa vie.

— Ceci est une autre histoire, si c'est bien de ça qu'il s'agit, dit Montalbano.

Le questeur le regarda d'un air alarmé.

— Qu'entendez-vous par là ? Qu'est-ce que vous avez en tête, Bon Dieu ?

— Simplement que de toute cette histoire, celui qui s'en tire les doigts dans le nez, c'est Cardamone. Vous ne trouvez pas que l'assassinat de Rizzo tombe vraiment à pic pour lui ?

Le questeur sursauta, impossible de comprendre si le commissaire parlait sérieusement ou s'il blaguait.

— Ecoutez, Montalbano, n'allez pas chercher une autre de vos idées géniales ! Laissez en paix Cardamone qui est un homme honnête incapable de faire du mal à une mouche !

— Je plaisantais seulement, monsieur le questeur.

Si je puis me permettre : y a-t-il du nouveau dans l'enquête ?

— Que voulez-vous qu'il y ait de neuf ? Vous savez quel genre de type était Rizzo, sur dix personnes qu'il connaissait, présentables ou pas, huit, entre les présentables et les autres, auraient voulu le voir mort. Une jungle, une forêt d'assassins possibles, mon cher, directement ou par personne interposée. Je vous dirai que votre récit a une certaine plausibilité seulement pour qui connaît de quel bois était fait maître Rizzo.

Il but un petit verre d'amaro en le sirotant.

— Vous m'avez captivé. Vous vous êtes livré à un exercice de haute intelligence : par instants, j'ai eu l'impression d'un numéro d'équilibriste sans filet. Parce que, pour parler brutalement, sous votre raisonnement, il n'y a que du vide. Vous n'avez aucune preuve de ce que vous m'avez raconté, tout pourrait être lu d'une autre manière, et un bon avocat n'aurait pas trop à transpirer pour démonter vos extrapolations.

— Je le sais.

— Que comptez-vous faire ?

— Demain matin, je dirai à Lo Bianco que s'il veut classer, il n'y a pas de problème.

## 16

— Allô, Montalbano ? Mimì Augello à l'appareil.
Je t'ai réveillé ? Excuse-moi, mais c'était pour te ras-
surer. Je suis revenu à la base. Toi, tu pars quand ?

— L'avion de Palerme est à trois heures, donc de
Vigàta, je devrai me mettre en route vers midi et
demi, tout de suite après avoir mangé.

— Alors, on se verra pas, parce que je pense être
au bureau un peu plus tard. Il y a du neuf ?

— Fazio te mettra au courant.

— Toi, tu penses être parti combien de temps ?

— Jusqu'à jeudi inclus.

— Amuse-toi bien et repose-toi. Fazio a ton
numéro à Gênes, n'est-ce pas ? S'il y a des trucs
importants, je t'appelle.

Son adjoint, Mimì Augello, était revenu ponctuellement de ses congés, donc il pouvait partir sans
problème, Augello était une personne capable. Il

téléphona à Livia pour lui dire à quelle heure il arriverait, et elle, heureuse, lui annonça qu'elle l'attendrait à l'aéroport.

*
* *

A son arrivée au bureau, Fazio lui apprit que les ouvriers de l'usine de sel, qui avaient été mis « en mobilité », pitoyable euphémisme pour dire qu'ils avaient tous été licenciés, occupaient la gare. Leurs femmes, couchées sur les voies, empêchaient le passage des trains. La gendarmerie était déjà sur place. Est-ce qu'eux aussi devaient y aller ?

— Pour quoi faire ?

— Ben, je sais pas, donner un coup de main.

— A qui ?

— Comment, à qui, *dottò* ? Aux carabiniers, aux forces de l'ordre, ce que nous sommes aussi, jusqu'à preuve du contraire.

— Si tu as vraiment envie de donner un coup de main à quelqu'un, va donc le donner à ceux qui occupent la gare.

— *Dottò*, je l'ai toujours pensé : un communiste, vous êtes.

*
* *

— Commissaire ? Ici Stefano Luparello. Pardonnez-moi. Mon cousin Giorgio s'est présenté à vous ?

— Non, je n'ai pas de nouvelles.

— Ici, à la maison, nous sommes très préoccupés.
Dès qu'il s'est remis du sédatif, il est sorti et a de
nouveau disparu. Maman voudrait un conseil, est-ce
qu'il ne faudrait pas nous adresser à la questure
pour faire des recherches ?

— Non. Dites à votre mère que ça ne me semble
pas nécessaire. Giorgio réapparaîtra, dites-lui d'être
tranquille.

— En tous les cas, si vous avez des nouvelles, je
vous prie de nous le faire savoir.

— Ce sera très difficile, ingénieur, parce que je
pars en congés, je rentre vendredi.

*
* *

Les trois premiers jours passés auprès de Livia
dans sa villa de Boccadasse lui firent presque complètement oublier la Sicile, grâce à certains sommeils
de plomb qu'il s'offrait, en forme de récupération, en
serrant Livia dans ses bras. Presque seulement, car
deux ou trois fois, par traîtrise, l'odeur, le parler, les
choses de sa terre le saisissaient, le soulevaient dans

les airs comme un fétu, le ramenaient, en quelques instants, à Vigàta. Et chaque fois, il en était sûr, Livia s'était aperçue de cet éloignement momentané, de cette absence, et l'avait fixé sans rien dire.

*
* *

Le jeudi soir, il reçut un coup de fil tout à fait inattendu de Fazio.

— Rien d'important, *dottore*, c'était juste pour entendre votre voix et avoir la confirmation que vous rentrez demain.

Montalbano savait très bien que les rapports du brigadier avec Augello n'étaient pas des plus faciles.

— Tu as besoin de réconfort ? Le méchant Augello t'aurait-il par hasard fait panpan-cucul ?

— Rien de ce que je fais ne lui convient jamais.

— Aie un peu de patience, je t'ai dit que demain, je rentre. Du neuf ?

— Hier, ils ont arrêté le maire et trois types du conseil municipal. Concussion et recel. Pour les travaux d'extension du port.

— Enfin, ils y sont arrivés.

— Oui, *dottò*, mais ne vous faites pas d'illusions. Ici, ils veulent copier les juges de Milan, mais Milan est très loin.

— Autre chose ?

— On a retrouvé Gambardella, vous vous rappelez ? Celui qu'ils ont essayé de tuer pendant qu'il prenait de l'essence ? Il était pas au fond de la campagne, mais *incaprettato*[1] dans le coffre de sa voiture, à laquelle, ensuite, ils ont mis le feu, ils l'ont complètement brûlé.

— S'ils l'ont brûlé, comment vous avez fait pour comprendre que Gambardella a été *incaprettato* ?

— Ils ont utilisé du fil de fer.

— A demain, Fazio.

Et cette fois, ce ne furent pas seulement l'odeur et le parler de sa terre qui l'aspirèrent de nouveau, mais l'imbécillité, la férocité, l'horreur.

*
* *

Après avoir fait l'amour, Livia garda un moment le silence, puis lui prit la main.

— Qu'est-ce qu'il y a ? Que t'a dit ton brigadier ?

— Rien d'important, crois-moi.

— Et alors, pourquoi tu t'es assombri ?

Montalbano se sentit confirmé dans sa conviction : s'il y avait au monde une personne à laquelle il pourrait chanter la messe entière et solennelle, c'était à Livia. Au questeur, il n'avait chanté qu'une

---

1. Exécuté suivant la tradition mafieuse, comme un chevreau (*capretto*) : lié aux pieds et à la gorge, puis égorgé (il existe une variante moderne avec balle dans la nuque). *(N.d.T.)*

demi-messe, et encore en sautant des cantiques. Il s'assit sur le lit, arrangea un oreiller.

— Ecoute-moi.

\*
\*\*

Il lui dit le Bercail, l'ingénieur Luparello, l'affection qu'un de ses neveux, Giorgio, nourrissait pour ce dernier, et comment à un certain point, cette affection s'était (comment dire, exaltée ? corrompue ?) changée en amour, en passion, il lui dit leur dernière rencontre à la garçonnière du cap Massaria, la mort de Luparello, Giorgio comme fou de peur à l'idée du scandale, affolé non pour lui, mais pour l'image, la mémoire de l'oncle, il lui dit comment le jeune homme l'avait rhabillé du mieux qu'il pouvait, traîné dans la voiture pour l'emmener et le faire retrouver ailleurs, il lui dit le désespoir de Giorgio quand il s'était rendu compte que cette mise en scène ne tenait pas, que tout le monde se rendrait compte qu'il transportait un mort, de l'idée de lui mettre le collier orthopédique que jusqu'à ce jour lui-même avait dû porter et qu'il avait encore dans la voiture, il dit comment Giorgio avait tenté de dissimuler le collier avec un foulard noir, comment saisi soudain de la crainte d'être la proie d'une crise de cette épilepsie dont il souffrait, il avait téléphoné à Rizzo, Montalbano lui expliqua qui était l'avocat et que celui-ci avait compris que cette mort, arrangée, pouvait faire sa fortune.

Il lui parla d'Ingrid, de son mari Giacomo, du docteur Cardamone, de la violence, il ne trouva pas d'autre mot, que ce dernier usait envers sa belle-fille (« Quelle misère », commenta Livia), de la manière dont Rizzo, soupçonnant cette relation, avait cherché à impliquer Ingrid, y parvenant avec Cardamone mais pas avec lui, il lui raconta Marilyn et son complice, leur hallucinant voyage en automobile, l'horrible pantomime dans la voiture arrêtée au Bercail (« Juste une seconde, je dois boire quelque chose de fort »). Et quand Livia fut de retour, il lui raconta encore d'autres détails sordides, le collier, le sac, les vêtements, lui dit le déchirant désespoir de Giorgio à la vue des photos, quand il avait compris la double trahison de Rizzo, envers lui et envers la mémoire de Luparello, cette mémoire qu'il voulait à tout prix sauver.

— Attends un instant, dit Livia. Elle est belle, cette Ingrid ?

— Très belle. Et comme je comprends très bien ce que tu as en tête, je vais t'en dire plus : j'ai détruit toutes les fausses preuves contre elle.

— Ça, ce n'est pas ton genre, dit Livia, mécontente.

— J'ai fait encore pire, écoute-moi bien. Rizzo, qui tient Cardamone, atteint son objectif politique, mais commet une erreur, il sous-évalue la réaction de Giorgio. C'est un jeune homme d'une beauté extraordinaire.

— Allez ! Lui aussi ! tenta de plaisanter Livia.

— Mais sa personnalité est très fragile, poursuivit le commissaire. Emporté par l'émotion, bouleversé, il court à la villa du cap Massaria, s'empare du pistolet de Luparello, prend rendez-vous avec Rizzo, le massacre et puis lui tire une balle dans la nuque.

— Tu l'as arrêté ?

— Non, je t'ai dit que j'avais fait pire qu'éliminer des preuves. Tu vois, mes collègues de Montelusa pensent, et ce ne serait pas des hypothèses en l'air, que c'est la mafia qui a tué Rizzo. Et moi je leur ai caché ce que je crois être la vérité.

— Mais pourquoi ?

Sans répondre, Montalbano écarta les bras. Livia alla à la salle de bains, le commissaire entendit l'eau couler dans la baignoire. Quand, plus tard, il lui demanda l'autorisation d'entrer, il la trouva qui s'attardait dans la baignoire pleine, menton posé sur les genoux levés.

— Tu le savais que dans cette maison, il y avait un pistolet ?

— Oui.

— Et tu l'as laissé là ?

— Oui.

— Tu t'es fait monter en grade tout seul, hein ?

demanda Livia après avoir observé un long silence. Du grade de commissaire à celui de Dieu, un dieu de quatrième ordre, mais un dieu.

*
* *

En descendant de l'avion, il se précipita au bar de l'aéroport, il avait besoin d'un café après l'ignoble lavasse noirâtre qu'on leur avait infligée à bord. Il entendit qu'on l'appelait, c'était Stefano Luparello.

— Que faites-vous, ingénieur, vous rentrez à Milan ?

— Oui, je vais reprendre le travail, j'ai été trop longtemps absent. Et je vais aussi me chercher une maison plus grande. Dès que je l'aurai trouvée, maman me rejoindra. Je ne veux plus la laisser seule.

— Vous avez parfaitement raison, même si à Montelusa, elle a encore sa sœur, son neveu...

L'ingénieur se raidit.

— Mais alors, vous ne savez pas ?

— Quoi ?

— Giorgio est mort.

Montalbano posa la tasse, la secousse lui fit renverser du café.

— Comment ça s'est passé ?

— Vous vous rappelez que le jour de votre départ, je vous ai téléphoné pour savoir s'il s'était manifesté auprès de vous ?

— Je m'en souviens très bien.

— Le lendemain matin, il n'était pas encore rentré. Alors, j'ai pensé qu'il fallait avertir la police et les carabiniers. Ils ont fait des recherches absolument superficielles, excusez-moi de vous le dire, peut-être étaient-ils trop occupés à enquêter sur l'assassinat de maître Rizzo. Dans l'après-midi de dimanche, un pêcheur, d'une barque, a vu une auto qui était tombée sur les écueils juste sous le virage de San Filippo. Vous connaissez le coin ? C'est un peu avant le cap Massaria.

— Oui, je connais l'endroit.

— Bien, le pêcheur a ramé en direction de la voiture, il a vu un corps à la place du conducteur et il s'est dépêché de donner l'alerte.

— On a réussi à établir les causes de l'accident ?

— Oui. Mon cousin, vous le savez, depuis la mort de papa, vivait pratiquement dans un état confusionnel, trop de tranquillisants, trop de sédatifs. Au lieu de prendre le virage, il a continué tout droit. Il ne s'en était pas remis, il avait une passion authentique pour mon père, il l'aimait.

Ces deux mots, amour et passion, il les dit sur un ton ferme, précis, presque pour éliminer, par la netteté des contours, la moindre bavure de sens. Le haut-parleur appela les passagers du vol pour Milan.

*
* *

A peine hors du parking de l'aéroport, où il avait laissé l'auto, Montalbano appuya à fond sur l'accélérateur, il ne voulait plus penser à rien, seulement se concentrer sur la conduite. Au bout d'une centaine de kilomètres, il s'arrêta sur la berge d'un petit lac artificiel, descendit, ouvrit le coffre, y prit le collier orthopédique, le jeta à l'eau et attendit qu'il coule. Alors seulement, il sourit. Il avait voulu agir comme un dieu, Livia avait raison, mais ce dieu de quatrième ordre, à sa première et, espérait-il, dernière expérience, était tombé juste.

Pour arriver à Vigàta, il devait obligatoirement passer devant la questure de Montelusa. Et ce fut justement là que son auto décida soudain de se faire passer pour morte. Montalbano essaya à plusieurs reprises de la faire repartir, sans résultat. Il descendit et s'apprêtait à aller demander de l'aide à la questure, quand un agent qui le connaissait et avait vu ses manœuvres inutiles s'approcha. L'homme souleva le capot, farfouilla un peu, referma.

— Tout est arrangé. Mais faites-lui donner un coup d'œil.

Montalbano remonta en voiture, mit le contact, se baissa pour ramasser des journaux qui étaient tombés. Quand il se redressa, il vit Anna appuyée contre la glace baissée.

— Comment va, Anna ?

La jeune femme ne répondit pas, elle l'observait, simplement.

— Et alors ? insista-t-il.

— Et toi, tu serais un homme honnête ? siffla-t-elle.

Montalbano comprit qu'elle faisait allusion à la nuit où elle avait vu Ingrid étendue sur son lit, à demi nue.

— Non, je ne le suis pas, dit-il. Mais pas pour les raisons que tu crois.

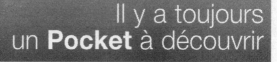

*Impression réalisée par*

**C P I**
Brodard & Taupin

51325 – La Flèche (Sarthe), le 06-03-2009
Dépôt légal : mars 2001
Suite du premier tirage : mars 2009

POCKET – 12, avenue d'Italie - 75627 Paris cedex 13

*Imprimé en France*